KB125415

술
해 있어!

'박형수'의 인생예찬 "인생 뭐 있어!"
'꿈'이 있어야지!

초판 1쇄 발행 2014년 8월 1일
    2쇄 발행 2014년 8월 8일
    3쇄 발행 2014년 8월 15일
    4쇄 발행 2014년 9월 9일

지 은 이 박형수
발 행 인 권선복
편집주간 김정웅
디 자 인 김소영
전 자 책 신미경
마 케 팅 서선교
발 행 처 도서출판 행복에너지
출판등록 제315-2011-000035호
주   소 (157-010) 서울특별시 강서구 화곡로 232
전   화 0505-613-6133
팩   스 0303-0799-1560
홈페이지 www.happybook.or.kr
이 메 일 ksbdata@daum.net

값 15,000원

ISBN 979-11-5602-065-3   03810

도서출판 행복에너지는 독자 여러분의 아이디어와 원고 투고를 기다립니다. 책으로
만들기를 원하는 콘텐츠가 있으신 분은 이메일이나 홈페이지를 통해 간단한 기획서와
기획의도, 연락처 등을 보내주십시오. 행복에너지의 문은 언제나 활짝 열려 있습니다.

쉼

히 있어! 박형수 지음

'박형수'의 인생예찬 "인생 뭐 있어!"
'꿈'이 있어야지!

도서
출판 행복에너지

매일 새벽3시에 일어나 기도를 합니다.

마르크스아우렐리우스의 명상록을 생각해봅니다.

새벽 기도하시는 어머님의 간절한 모습을 떠올려봅니다.

불경소리 고요한 새벽 산사를 상상해봅니다.

오늘도 감사와 사랑 조화로운 사회

부모형제 무고하고 사랑하는 가족 모두가

건강하고 지혜롭고 꿈과 희망이 샘솟는

행복하고 즐거운 하루 되시길 두 손 모아 봅니다.

그리운 사람 한 분 한 분 그려봅니다.

오늘도 얼굴에는 미소 가득하고

마음은 행복이 충만한 하루 되시길 기도합니다.

그리고 하루도 거르지 않고 부인께 안마를 합니다.

건강하고 살림 잘 챙겨줘서 감사합니다.
늘 부족함이 많아서 사과드립니다.
앞으로 열심히 노력해서 호강시켜드리겠습니다
그렇게 하다 보면 이마에 땀도 나고 기분이 상쾌해집니다.

곧바로 손수 개발한 꼼지락 체조를 합니다.

발끝에서 머리끝까지 전신을 단련하다 보면
근력이 생기고 피로가 확 풀립니다.

그리고 나면 새벽4시
칠흑같이 어두운 청계산을 손전등 하나 들고 올라갑니다.
비가 오나 눈이 오나 바람이 부나
하루도 거르지 않고 실천을 합니다.

오직 앞만 보고 한참을 가다 보면
바람소리 소쩍새 우는 소리

연두색 나뭇잎 주렁주렁 이마에 흐르는 땀방울

아! 천국이 바로 이곳이구나!
감사와 사랑, 긍정에너지가 용솟음칩니다.

가슴은 따뜻해지고 머리는 맑아지고 양다리는 튼튼해지고
그 자리에 기쁨과 미소 행복과 희망이 함께합니다.
온 세상이 아름답고 살 만한 세상이라고 외쳐봅니다.

그러면서 영혼의 소리들이 들려옵니다.

하느님과 대화도 해보고 부처님과 논쟁도 해봅니다.
이러한 생각들을 다듬고 갈고 정리하여
때로는 시인처럼 유행가 가사처럼
우주의 장엄한 대 서사시처럼 산길에서 통근버스 안에서
스마트폰에 그때그때 메모를 합니다.

아침등산 후 손수 밥을 해서 먹고 설거지를 하고
6시 30분에 통근버스를 타고
세종시로 출근을 합니다.

이러한 일상 속에서 느꼈던 소회들을 정리하여
제1집 『내 생애 최고의 선물』에 이어
제2집 『인생 뭐 있어!』를 출간합니다.

2014. 7.
박 형 수

차례

인생
뭐 있어

꿈이
있어야 합니다

저는 하늘 아래 첫 동네 토끼와 입 맞추며 호롱불에 이 잡는
문명의 사각지대인 오지 중에 오지, 지리산 자락
곡성군 목사동면 죽정3구 184번지에서 태어나고 자랐습니다.

앞산이 병풍이요, 뒤뜰 대밭에서 울어 대는 참새소리와 함께
잠을 깨고
첫닭의 울음소리에 시간을 짐작하며, 어느 돌, 나무의 그늘에
따라
생활의 리듬을 맞추는 그야말로 문명이라고는 전혀 접할 수
없는 곳입니다.

시계, 라디오, 텔레비전은 상상할 수도 없었고 위인전 한 권
도 집 안에 없는,
오직 자연현상에 따라 생활해가는, 원시 씨족사회를 방불케
하는 곳.
지금 보면 아프리카 어느 부족사회와 같은 그런 오지 마을에
서 태어났습니다.

제가 다섯 살 때 아버지가 돌아가셨는데,
당시 큰형은 초등학교 5학년, 둘째 형은 8살,
막냇동생은 2살이었습니다.
4형제는 논 한 마지기, 밭 한 뙈기 없는 가난한 집에서 자랐
습니다.

외부의 문명을 전혀 접할 수 없다 보니,
동네에서 일어나는 일상의 일들과
자연 현상을 보면서 자라야 했으며, 초등학교 입학 전까지는
한글도 전혀 습득하지 못했습니다.

초등학교는 워낙 멀었는데, 나무다리에 시냇가를 건너고
비가 많이 오면 건너갈 수가 없어서
꼬불꼬불 산등성이를 한참 돌아서 가야 하고
산길에 아침 이슬 맞으며 돌부리에 채다 들풀에 채고 넘어지고

지나가는 공동묘지에 소름이 오싹거리며
한 시간 이상 걸어서 다녀야 했습니다.
그러다 보니 초등학교를 다니다 만 친구들도 많았으며,
근근이 졸업하는 게 전부였습니다.

저는 집안이 워낙 어렵다 보니 2학년 때부터 형들 따라
깜깜한 밤에 4킬로 정도 밤길을 나무를 지고 가서 팔았습니다.

초등학교 2학년. 지금 생각하면 도저히 상상이 안 됩니다.
그리고 지나가는 초등학교 학생들을 유심히 관찰해봅니다.
어떻게 그 어린 나이에 그것도 대낮도 아닌 깜깜한 밤에
그 먼 길을 나무 팔러 다녔을까?

홀어머니는 어린 자식들 굶기지 않으려고 낮에는 남의 집에 가서 일하시고
밤에는 길쌈 매시던 기억이 지금도 생생하게 납니다.
우리 어머니가 24시간 일했던 기억이….

고구마와 감자를 주식삼아 먹고 자랐으며,
먹을 것이 부족하다 보니 유난히도 껄떡거렸던
초등학교 시절이었습니다.
월사금을 제때에 못내 부모님 보채고
선생님께 혼났던 게 전부였던 것 같습니다.

우리 마을은 워낙 오지다 보니
중학교로 진학하는 선배들이 거의 없었습니다.
그 당시 집안 형편에는 상급학교에 진학한다는 것이
매우 어려운 실정이었습니다.

장래에 대한 희망도 없었고, 주변의 친구들은 객지로 나가 공장에 다니거나,

시골에서 농사를 짓는 것이 일반적인 행태였습니다.

그러나 저는 어떻게 해서라도 상급학교에 진학해,
보다 더 넓은 세계를 꿈꾸고 싶었습니다.
하지만 초등학교 졸업하고 돈이 없어 중학교를 못 갔습니다.
얼마나 울고 또 울었는지 모릅니다.

그런 저는 날이면 날마다 중학교 가는 꿈을 꾸었습니다.
어떻게 하면 중학교에 갈 수 있을까?
그래서 닥치는 대로 일을 하기 시작했습니다.

소, 토끼, 염소를 키우고 산에 가서 약초 캐다 5일장에 팔고
새벽에 일어나 매일 양조장에서 술통을 져 나르며 50원씩 벌었
습니다.
오로지 중학교 가는 게 꿈이었습니다.

산에서 나무할 때도, 들에 가서 소꼴을 베다가도, 어떻게 하면
중학교에 갈 수 있을까를 생각하며
혼자서 늘 중얼거리고 다녔습니다.

그리고 매일 어머니하고 싸웠습니다.
중학교 보내달라고 하면 그때마다 안 된다고 하는 것입니다.
밥도 안 먹고 보채기도 해보는 등

별의별 방법으로 설득해 보았으나 어머니는 완고하셨습니다.

하느님이 도우셨을까요?
지성이면 감천이라고나 할까요?
2년 동안 설득 끝에 친구들보다 2년 늦게 중학교를 가게 됐습니다.
그런데 통학길이 왕복 5시간이나 걸어서 다녀야 했습니다.
우리 면 소재지에는 학교가 없어
다른 인근에 있는 군으로 학교를 가다 보니
등교 길이 2시간 반이 걸렸습니다. 그것도 산 고개를 몇 개나 넘고 개울을 건너고
풀밭에 아침 이슬 맞으며 1시간 정도 가면 신작로가 나오는데

이쯤 되면 교복이 절반 정도 젖어 있고,
운동화는 아침이슬에 삐걱삐걱 물이 세고,
그러다 신작로에서 흙먼지를 만나면
운동화는 금방 흙투성이가 되어버립니다.

한 달도 못 돼서 운동화는 삭아서 찢어져 버립니다.
옛날에는 운동화가 지금처럼 재질면에서 튼튼하지 못했습니다.

수업 마치고 캄캄한 밤길을 걸어갈 생각을 하면,
언제나 긴장되고

머리는 곤두설 대로 곤두서서 다녀야 했습니다.

산길에는 공동묘지가 많았으며, 이런저런 무서운 이야기들을
너무나 많이 들어서
소름이 오싹오싹 돋아났습니다.

그 당시에는 전깃불도 들어오지 않던 시절이라
호롱불 밑에서 늦은 밤까지 공부를 많이 했습니다.

중·고등학교 졸업하고 대학을 가려 하는데, 어머니가 또 그
러시는 것입니다.
고등학교까지 나왔으니까 회사 취직해서 돈을 벌라고.
그러나 저는 절대 안 된다고 고집을 부렸습니다.

저는 막노동해서 번 돈 3,000원을 가지고 무작정 상경을 했
습니다.
완행 열차타고 영등포역에 도착하니 1,050원이 남았습니다.

매일 오갈 데도 없이 낮에는 서울역 대합실에 있다가
저녁에는 용산역 대합실에서 쭈그리고 자는 등
노숙자 생활 그 자체였습니다.

우연한 생각에 고등학교 은사님 중 한 분이

서울 어디 학원에서 강의를 한다는 소식을 듣고 찾아갔습니다.

원장님을 소개해줘서 찾아가 간절히 애원을 했습니다.

공부 좀 하고 싶은데 기회를 달라고.

저의 간절한 마음을 알아서인지,

옛날 자신의 모습을 생각해서인지, 흔쾌히 학원에서 기숙하라고 했습니다.

아침에는 학생들 수강증을 검사하고

낮에는 선생님들 수업을 준비해 드리고 하면서

재수를 했습니다.

오갈 데도 없이 학원에서 거의 '라보때'로 연명하다 보니

대학입시를 앞둔 시점에서 영양실조로

시력이 거의 안 보일 정도가 돼버렸습니다.

눈앞이 캄캄했습니다. 수없이 눈을 비벼보고

세수를 몇 번이나 해보고 하염없이 먼 산을 바라보고

몇 날 며칠 잠도 자지 못하고

고민만 하다가 주변의 권유로 허겁지겁

어떻게 걸어갔는지도 모르고 공 안과로 갔습니다.

다행이라고 하면서 영양실조이기 때문에

차분하게 지내면서 충분한 영양을 보충하면

시력이 회복된다고 하는 것입니다.

저는 그렇게 어려웠던 시절에도
토요일이나 일요일에 틈만 나면 김포공항을 가곤 했습니다.
2층 대합실에 앉아서 날아가는 비행기를 보면서,
나도 어떻게 하면 저 비행기를 타고
국가를 위해서 일할 수 있는 기회가 올까 늘 그런 꿈을 꾸었
습니다.

그러나 막상 대학을 합격하고 보니
대학 등록금을 낼 수가 없었습니다.
등록금을 마련하기 위하여, 책을 팔러 다니기로 마음먹고
이 집 저 집 하루 종일 녹초가 되도록 책을 팔러 다녔지만,

기대한 만큼의 성과가 없었습니다.

별의별 궁리를 다해보고 친척집도 찾아다니며 열심히 팔았
지만
사회 초년생에게는 역부족이었습니다.

그래서 저는 우등생 학습지 사장님께 부탁해
수금사원으로 취직을 하였고
열심히 일을 했습니다.

그 후 간장도 팔아보고 신발공장도 다니고 두부공장 막노동도
하는 등
정말 대학 가기 위해서 제가 할 수 있는 일이면
무엇이든지 닥치는 대로 했습니다.

그러면서도 일이 힘들다거나 창피하다는 생각은 안 했으며
그저 즐거운 마음으로 일했습니다.
그리고 단 한 번도 누구를 원망하지도 않았습니다.

행복했습니다.
꿈을 이루기 위해 최선을 다했습니다.
지나고 보니 그때가 제 인생에서 가장 행복했고
아름다웠고 열정이 넘쳤으며,

꿈을 꾸고 산다는 것이 얼마나 소중하고 가치 있는 일이며,
현실을 극복할 수 있는 유일한 길인지를 알았습니다.

어느 순간이든 10대, 20대, 40대, 50대건 간에
그때에 맞는 꿈들이 있습니다.

절대 망설이지 마십시오, 주저하지 마십시오.
늦었다고 여건이 안 된다고 절대 핑계 대지 마십시오.
지금부터 시작하십시오.
절대 늦지 않습니다.

20대는 처음 시작한다는 마음으로 그리고 긴 인생으로 보면
아직도 시간은 얼마든지 있습니다.

50대는 제2의 인생을 위해 준비하십시오.
남은 인생 내가 하고 싶은 것, 보람 있는 것들을 위해 차근차
근 준비하십시오.

대나무는 씨를 뿌린 후 4년이 지나서야 싹이 트기 시작합니다.
싹이 트고 나서 90일 정도가 되면 20m가 자랍니다.
4년 동안 물을 주고 거름을 주면서
정성껏 가꾸어야 싹을 틔울 수 있습니다.

그리고 일단 싹이 트고 나면 급속도로 자라게 됩니다.
4년 동안 싹이 트지 않는다고 포기해 버리면
새로운 생명을 탄생시킬 수 없는 것입니다.

꿈도 마찬가지입니다.
노력의 대가가 눈앞에 나타나지 않는다고
포기해 버리면 어떠한 보상도 받을 수 없습니다.
분명히 이루어진다는 확신을 가지면, 꿈은 반드시 이루어집니다.

저는 지금 정부 중앙부처에서
국가예산을 편성하는 자리에서 일하고 있습니다.
작은 꿈이나마 이룬 셈이지요?

그리고 새로운 꿈을 꾸고 있습니다.
생각만 해도 즐겁고 행복하고 하루하루가 너무나 재미있습니다.

철학자 앙드레 말로는 "오랫동안 꿈을 그리는 자는 마침내 그 꿈을 닮아간다."고 했습니다.
원대한 꿈을 꾸시기 바랍니다.

인생의 원리,
감사하고 사랑하라

사랑이란

꽃필 때 꽃의 아름다움을 가장 예쁘게 전해주고
계절의 뒤편에서 세월의 아쉬움을 진하게 노래해주는 것

새순의 신비함을 사랑의 떨림으로
아름다운 멜로디로 내 가슴의 심금을 울려주는 것

언제, 어디서나 서로 같이 호흡하고
하루의 시작과 끝도 항상 같이 있다는 마음과 기분으로
즐거움 간직한 채 사는 것

절대자에게나 마음속에서도 그대의 행복과 건강
간절히 소망하고 기원해주는 것

같이한 시간과 대화 멋진 장면 속에서의 추억을
항상 잊지 않고 기억해주고 기념해주는 것

맛있는 음식을 보면 같이 먹고 싶고
멋진 배경을 보면 당장에라도 보여주고 싶어지는 것

귓전에서 속삭이고 다정한 미소가
나를 빙그레 웃음 짓게 하고
그대의 숨결과 다정한 손길이 살포시 전해오는 것

혹시 바람에 중심 흔들릴까?
먼지가 눈에 들어갈까?
운전하다 사고 날까?
살면서 사소한 일에 마음 연연해질까?
노심초사 걱정하는 것.

인체에 피가 순환하여 생명이 살아 숨 쉬듯
우리의 일상에 사랑이 메아리칠 때 살고 싶어지는 것

보고 나면 또 보고 싶고 목소리 듣고 나면
또 듣고 싶고
끝없이 같이 있고 싶어지는 것

그게 바로 사랑인가 봐

감사한 마음으로

　지난 연말에 제주도에 계신 지인으로부터 연락이 왔습니다. 지금 방어 철이니 주말에 택배를 보낸다고 말입니다. 고맙다는 인사를 드리는데… 아! 그런데 그때부터 고민이 생긴 겁니다.
　'이 방어를 누구와 같이 먹지?'
　가족, 친지, 친구, 직장동료 별의별 대상이 떠오르고 막상 대상자를 선정하니 왜 그리 준비사항들이 많은지요? 일일이 연락해야지, 장소 물색해야지… 그런데 그건 아무것도 아니었습니다.

　당일 제주도에 눈이 많이 와서 택배가 안 된다면서 본인이 직접 새벽에 서귀포항까지 가서 물건을 싣고 제주공항에 택배를 보낸답니다. 물론 과천도 택배가 안 돼서 제가 직접 전철을 타고 공항에 찾으러 갔습니다. 택배는 공항에 없고 공항화물터미널에 있답니다. 그래서 공항버스를 다시 타고 추운 화물터미널에서 1시간 이상 추위에 떨다가 간신히 찾았습니다. 왕복 4시간! 제주도에서 지인도 4시간이 걸렸습니다.

　오면서 눈물이 핑 돌았습니다.
　우리가 먹는 모든 것이 이런 어려운 과정을 통해서 이루어진다고 생각하니 그간에 아무런 생각 없이 먹었던 이 모든 것에 대하여 너무나도 죄스럽고 부끄러웠습니다. 고기를 잡으러 새벽 거친 파도를 헤쳤을 어부들도 떠오르면서저 자신이 너무나 부끄러운 생각이 들었습니다.

　고기 한 점, 한 점 진정으로 감사한 마음으로 먹어야겠다고
다짐했습니다. 그리고 지금까지 너무 감사한지 모르고 먹었고
살아왔던 저 자신이 부끄러웠습니다.

세상에서 가장 감사한 것들

우선 제 자신에게 가장 먼저 감사하다고 말하고 싶습니다. 어려운 환경에서 자랐는데도 항상 꿈을 꾸고 살았으며, 모나거나 부정적인 말과 행동보다는 항상 순수한 마음을 간직한 채 올바른 성격과 인격을 갖고자 노력해 왔으며 어떠한 순간에도 긍정을 말하고 행동하며, 모든 일을 적극적인 자세로 일단 부딪치고 보자는 식의 열정을 갖고 살아가는 자신에게 고맙고 감사하다고 말하고 싶습니다. 자기 자신을 사랑하지 않는 사람은 남을 사랑할 자격이 없다고 저는 생각합니다. 감사하는 마음도 자기 자신에게 감사하는 것으로부터 시작됩니다.

다음은 저를 낳아 주시고 길러주신 어머니께 감사를 드립니다. 사실 우리 어머니는 굉장히 외로우신 분이십니다. 남들이 다 부모로부터 사랑을 받아야 할 시기에 조실부모하여 초등학교 문턱도 밟지 못 하셨으며, 그나마 한 분뿐인 오빠는 어느 날 돈을 벌어와 행복하게 살아보자는 말 한마디만을 남긴 채 일본으로 떠나 버리셨다고 합니다. 혼자 고아가 되어버린 어머니는 논밭 한 떼기도 없는 지리산 두메산골, 그중에서도 골짜기로 소문난 곡성군 목사동면 죽정리 3구 유치마을 박씨 집안으로 시집을 왔습니다.

술 좋아하고 인심 좋기로 소문난 밀양 박가인 우리 아버지는 일도 안 하시고 술만 드시고 남 좋다는 일만 하며 세월을 보내셨다고 합니다. 그러시던 아버님이 마음이 바뀌었는지 공사판에 나가 일을 하시기 시작했습니다. 해서 가정 형편이 조금은 나아졌는데 아닌 밤중에 홍두깨라고 아버님이 일하시던 공사현장에서 사고가 발생해 37살의 나이에 그만 돌아가시고 말았습니다.

날벼락도 이런 날벼락이 어디 있겠습니까? 그렇지 않아도 혈혈단신으로 외로우셨던 어머니는 하늘이 무너지는 것보다도 더 큰 아픔을 겪어야 했습니다. 신랑이 철들어 돌아온 지 겨우 1년도 되지 않았는데, 천지신명도 무심하시지 어떻게, 어떻게…….

우리 어머님은 정말로 훌륭하신 분이셨습니다. 먼 훗날 제가 철이 들어 안 사실인데, 우리 어머님은 아버님이 공사판에서 돌아가셨음에도 보상을 한 푼도 받지 않으셨다고 합니다. 목숨을 담보로 보상을 받으면 무엇 하느냐면서 말이지요. 우리 어머님이 무지하셔서 그러셨는지, 아니면 정말로 세상을 바라보는 혜안을 가지셔서 그러셨는지 알 수는 없지만 지금 생각해보건대 어머님의 선택이 현명하고 탁월하셨다고 생각합니다.

우리 고장 출신 분들은 우리 4형제를 보고 이런 말들을 합니다. 정말로 복 받았다고 말이지요. 왜냐고요? 우리 고향에서는 나름 우리 형제들이 잘살고 있거든요. 저는 지금도 하늘나라에 계신 아버님이 우리 형제들을 돌보고 있다는 생각을 하곤 합니다. 돌아가신 아버님도 체면이 있지 않겠습니까?

우리 어머님이 땅이 꺼져라 대성통곡하시던 모습이 눈에 선합니다. 우리 4형제도 어머님을 부둥켜안고 하염없이 울고 또 울었던 생각을 하면 지금도 눈물이 앞을 가립니다. 다섯 살 때였는데도 그날의 기억이 생생합니다.

아버님이 돌아가신 그 길로 우리 큰형은 학교를 그만두고 집안일을 도와야 했습니다. 우리 어머님은 아버님이 돌아가신 뒤 그야말로 악착같은 삶을 사셨습니다. 밤낮없이 손발이 부르트도록 일하셨으며 미주알이가 몇 번씩 빠지도록 일을 하셨습니다. 저는 어머님이 잠을 주무시는 것을 거의 보지 못했습니다. 어린 자식들에게 애비 없는 후레자식 소리 안 듣게 하려고 우리가 조금만 눈에 벗어나는 행동을 하면, 겨울철 눈밭에 옷을 몽땅 벗겨 버리고, 회초리로 장딴지에 피가 나도록 매질을 하셨습니다. 그렇게 철저하고 엄하신 어머니 덕분에 저는 지금까지 담배를 한 번도 피워본 적이 없으며 물론 형님과 동생도 마찬가지입니다. 저는 친구들이 다니던 만화방, 당구장 한 번 안 가봤습니다.

제가 고등학교 다닐 때 어머님이 제 자취방에 오셨습니다. 자식 영양 보충시켜 주시려고 장어를 사다가 푹 고와주시는 것입니다. 그런데 자다가 일어나 어머님 모습을 보는 순간 눈물이 핑 돌았습니다. 여자 손이라고 하기에는 너무나도 먼, 두께는 남자 손가락보다 훨씬 굵고 마디마다 상처투성이였습니다. 발가락 또한 말로 다 표현할 수 없을 정도로 험하게 상처가 나 있었습니다. 우리 어머님이 얼마나 고생하시면서 사시는가를 생각하니 한없이 눈물이 났습니다.

다음날 저녁에 어머님께 물어봤습니다. 집에서 바로 오셨냐고. 그리고 저 보따리는 뭐냐고 물어봤습니다. 그랬더니 어머님은, 집을 나오신 지 한 달 정도 됐으며 보따리에 있는 것은 동백기름이라고 하셨습니다. 어머님은 동백기름을 팔기 위해 한 달 전부터 이 동네 저 동네로 산을 넘고 물을 건너고 어두움이 짙어 오면 어느 시골집에 들어가서 잠 좀 잘 수 없냐고 사정에 사정을 해가면서 동백기름을 팔고 다니셨다고 하시는 겁니다. 정말이지 어머님의 말씀을 들으면서 저는 눈물을 흘리는 것 말고는 그 어떠한 말도 할 수가 없었습니다.

그리고 마음속으로 다짐했습니다, 어떻게 해서라도 공부를 열심히 해서 어머님의 은혜에 보답해야겠다고 말입니다. 우리 어머님이 그렇게 고생하시면서 살아왔기에 우리 형제들은 세상 그 누구보다도 우애가 돈독하며, 효심이 깊고 훌륭하게 잘 자라서 우리 사회에 중추적인 역할을 하고 있습니다.

엄마 사랑합니다. 정말 감사합니다. 그리고 열심히 건강하게 살겠습니다.

사랑하는 동생에게 고맙고 감사하다는 말을 꼭 하고 싶습니다. 사실 제 동생은 아버지 얼굴도 모르고 자랐습니다. 두 살때 아버지가 돌아가셨기 때문이죠. 저 때문에 중학교도 못 가고 열네 살 적부터 회사를 다녀야 했습니다. 어린 나이에 철공소, 신발공장 등을 전전하며 안 해본 것이 없을 정도로 고생을 하면서도 늦은 나이인 스물한 살 때 신기하고 기특하게도 공부를 하겠다며 교육부로부터 인정도 되지 않은 야간 새마을 중학교에 입학을 했습니다. 안쓰럽기 그지없었지만 주경야독해서 고입검정고시, 대입검정고시에 합격하는 영광을 얻었습니다.

그렇게 열심히 하던 동생에게 크나큰 시련이 왔습니다. 하느님, 부처님은 행복을 양손에 주지는 않는가 봅니다. 어려서부터 객지에서 단신으로 생활했던 것이 결국에는 영양실조에 걸려 신장장애로 이어져 소변에 혈흔이 나오기 시작하면서 쓰러졌고, 어쩔 수 없이 입원을 해야만 했습니다. 그렇지 않아도 늘 동생에게 미안했던 내 입장에서 동생의 갑작스런 아픔은 뼈를 깎는 시련으로 다가왔습니다. 의사 선생님은 동생에게 6개월에서 1년 정도 공기 좋은 곳에 가서 요양할 것을 권유했는데, 동생은 오히려 퇴원한 후 오늘 세상이 마지막인 것처럼 책과의 전쟁을 치렀습니다.

중·고등학교를 검정고시로 합격한 동생은 대학만은 꼭 4년제 정규대학교를 가고 싶어 했습니다. 그러나 우리의 가정 형편에는 너무나도 멀기만 한 희망사항이었습니다. 기특하게도 동생은 어려운 가정형편을 탓하기 보다는 오히려 새로운 돌파구를 찾고 있었습니다.

내가 국가공무원으로 근무하고 있는 것이 괜찮아 보였던지 아무도 몰래 부산시 지방공무원 시험을 보았습니다. 부산시 공무원으로 임용을 받아 근무하면서 행정과 법학을 전공함은 물론 사회복지학까지 전공하는 등 만학도의 길을 가게 되었습니다. 정말로 훌륭한 막내 동생이 있었기에 비록 남들처럼 부유하지는 못했지만 행복할 수 있었고 가족 모두가 희망을 가질 수 있었습니다.

우리 집의 보배인 막내 동생은 힘든 여건 속에서도 좌절하지 않고, 항상 밝고 긍정적이면서 언제나 꿈을 갖고 살아가는 모습이 동생이지만 대견스럽고 배울 점이 정말 많습니다. 스스로 극복하기가 너무나도 힘들었을 텐데 좌절하지 않고 어디 하나 모난 데도 없이 오히려 위기를 기회로 삼아 훌륭하게 자라주었습니다. 동생은 최근 여중생 성폭력 살인사건 범인이 폐·공가 주택에서 검거되는 뉴스를 보다 아이디어를 냈습니다. 그것이 바로 '사라미' 사업이었다고 합니다.

이 사업은 기초수급권자 등 생활이 어려운 가정에게는 편안한 집을, 범죄의 온상으로 전락하고 있는 폐·공가에는 사람들이 다시 모여들게 하는 등 일거양득의 효과를 거두었습니다. 부산진구 지역 내 상당수 기초생활수급권자들이 열악한 주거환경과 높은 월세 부담으로 빈곤의 악순환이 계속되고 있음을 파악하고 집주인의 사용승낙을 받아 폐·공가를 수리한 뒤 입주를 희망하는 저소득 주민들에게 보금자리 주택을 마련해주고 있습니다.

이러한 사업이 전국에서 최초로 시행됨에 따라 많은 지자체에서 벤치마킹하고 있으며, 언론에도 대대적으로 보도됨은 물론, 2010년도 친 서민정책 추진 전국 우수사례로 채택되어 보건복지부 장관 표창을 받았고 부산의 향토 기업인 협성종합건업에서 문화재단을 설립 '제1회 협성봉사상'을 제정 5개분야(행정, 재해, 소방, 치안, 사회봉사)에서 헌신적으로 실천한 사람에게 참 봉사상을 시상했는데, 동생이 행정봉사부문에 대상을 수상하는 영광을 가졌습니다. 그리고 동생은 시상금으로 받은 1,000만원을 모두 저소득 주민 돕기에 흔쾌히 기탁하는 선행을 베풀었습니다.

최근 동행이란 KBS TV 프로그램에 동생이 하고 있는 사업이 소개되어 주변에 많은 감동을 주기도 했습니다. 하는 일마다 너무나 헌신적이고 긍정적으로 솔선수범하면서 하기 때문에 본인이 하는 일로 '대한민국의 꿈을 가꾸는 사람들' 청와대 오찬행사에도 초청되었고 대통령, 국무총리 장관, 시장 표창 등을 수차례 수상하였으며, 자랑스런 신지식 공무원으로 선정되기도 했습니다. 한편으로 고맙고 대견하지만, 다른 한편으로는 형으로서 아무런 도움도 주지 못한 것에 늘 미안할 뿐입니다. 동생이 늘 긍정적으로 자신감 있게 살고 있는 모습에 항상 감사할 뿐입니다.

동생아, 사랑한다. 이 형이 든든한 버팀목이 되어 줄게. 멋지고 아름답게 세월 속 노를 함께 저으며, 한 줌의 흙이 되어 자연으로 돌아가는 그날까지 동행하자꾸나.

사랑하는 동생에게

부모 없는 서러움, 돈 없는 서러움을
욕심도 많게 독차지한 너는
세상의 야박한 인심에 울었고
신이 원망스러워서 울었으리라.
네 불굴의 의지에
저 높은 하늘도
저 넓은 바다도 감동하고 감동했건만
너에겐 어찌하여 자꾸만 자꾸만
고난과 역경만이 손님 노릇을 하고
한 자루의 촛불마저 빛을 내지 못한 채 꺼져만 갔었는지

어릴 적부터 삶의 현장에서 고생하며 살았기에
힘들다는 말이 나오기도 하련만
한 번도 세상을 원망하지 않고 살아가는 대견함에
형은 울었단다.
네가 힘들어하는 모습을 볼 때면
내 가슴 터질 것만 같았단다.

네가 슬픈 표정 지을 때는 내 마음은 한없이 울었고
네가 밝은 미소 지을 때는
난 창공을 나는 파랑새가 되었단다.

네 희망, 네 꿈이
곧 내 희망, 내 꿈이었단다.

사랑하는 내 동생아, 힘을 내다오.
성실과 정성으로 이어진 노정 위에
인생은 결코 후회의 낙서를 하지 않을 것이다.
사랑하는 동생아, 어둡고 고난에 찼던
기나긴 여로의 터널을 거쳐
우리도 이제는 밝고 희망찬 대지에 올라서
힘찬 진군을 시작해보자.

우리의 눈동자가 퇴색하지 않고
악물려진 입이 헤벌려지지 않는 한
우리는 결코 쓰러지지 않으며
어떠한 역경에도 끊임없이 일어설 수 있는
도전정신이 우리들의 재산이잖니.

언제나 우리네 인생은 밝은 곳을 향해서 떠나는 숙명이니
엄동설한을 버티며 꿋꿋이 살아가는 보리처럼
인내로써 역경과 시련을 극복해 나가자.

우리는 해야 한다는 사명감이 있고
하면 된다는 신념이 있으며

무엇보다도 할 수 있다는 자신감이 있잖아.
우리는 그럴 자격도 있고 경험도 있으며
준비도 되어 있다고 생각한다.

하루를 살더라도
인생의 진가가 무엇인가를 터득하고 살아야
만물의 영장다운 삶을 다하는 거라 생각한다.
이왕 세상에 온 것 흔적을 남기되
의미 있는 흔적을 남기고

국가를 위해, 우리의 민족을 위해, 한 알의 밀알이 되고
부모님께, 자식에게, 우리들의 자신에게
한 점 부끄러움도 없는 떳떳한 인생을 살자구나.
동생아, 사랑하는 내 동생아!

길을 가다 우연히 기인을 만나서, 인생 팔자가 바뀌었다는 소리를 들은 적이 간혹 있을 겁니다. 학교 다니면서 선생님을 잘 만나서 인생이 달라진 경우도 많고 직장 다니면서 상사를 잘 만나서 입신출세한 사람도 많습니다.

어릴 적 유독 저를 예뻐해 주셨던 집안 아재가 있었습니다. 항상 저를 보면, "너는 눈이 예사롭지 않다. 뭔가 다른 애들과 다르다."면서 보는 사람마다 그 이야기를 해주곤 했습니다. 그리고 우리 엄마와 큰형께 특히 강조를 많이 하셨습니다. 저 애는 눈이 예사롭지 않으니 꼭 공부를 시키라고 했던 그 말씀이 저에게는 꿈을 주었으며, 항상 마음속에 자리 잡고 어려움 속에서도 희망의 등불이 될 수 있었습니다. 어려운 형편에도 제가 공부를 할 수 있었던 것이, 우리 아재 덕분이라고 생각하면서, 지금 이 세상에 계시지는 않지만 아재께 진심으로 감사하다는 말을 꼭 해드리고 싶습니다.

감사한 일들이 주마등처럼 스치고 지나갑니다. 고향 사람들 나의 살던 고향땅, 나침판 역할을 해주신 나의 멘토, 어렵고 힘들 때 따뜻한 말 한마디 건네준 사람들, 갈 길 몰라 방황할 때 좋은 길 골라 길라잡이 되어준 사람 등.

자신을 이기지 못하고 가슴 터질 때, 따뜻한 가슴으로 안아주며 달래준 사람, 영혼의 목마름으로 삶의 목적을 상실할 때 진리의 생수로 마음의 양식을 채워준 사람, 나를 다독여주고 이끌어주고 보살펴주고 안아주고 함께 눈물 흘려준 사람 등 모든 사람들에게 감사하고 또 감사드립니다.

사랑의 눈으로 세상을 바라보자

달콤한 사랑의 눈으로 바라보면 모든 것이 보입니다. 겉으로 보면 다 아름다워 보이나 따뜻하고 달콤한 사랑의 눈으로 보면 외로움, 고독, 슬픔, 심지어 실연 당한 모습까지 다 보입니다.

비가 오는 출근길에 미쳐 우산을 준비 못한 분이 지하철을 나오자마자 비를 맞고 뛰어가는 것을 보았습니다. 나도 그런 경험이 많아 그냥 스쳐갈 수가 없었습니다.

얼른 뛰어가서 우산을 씌워 드렸습니다. 사랑스러운 눈으로 바라보니 상대방의 아픔이 보였으며 그 아픔을 같이하니 마음이 그렇게 좋을 수가 없었습니다. 상대방도 너무나 고마워하는 것입니다.

머리에서 가슴으로 떠나는 여행이 평생 걸린다고 합니다. 불과 50㎝도 안 되는 거리인데도 말입니다.

진정한 소통의 매개체는 대상에 대한 사랑이라고 생각합니다. 마음에서 우러나는 사랑의 마음으로 대하면 가슴이 열리고 대화는 자연스러워지고……

언젠가 어느 책에서 親 자를 풀이하는 것을 읽은 적이 있었습니다. 먹을 것이 궁한 그 옛날에 아버지와 아들이 산으로 토끼를 잡으러 갔는데, 아무리 찾아도 토끼가 안 나오자 궁리 끝에 아버지는 아래에서 위로 쫓고 아들은 위에서 아래로 쫓기로 하고 한참을 쫓은 후에 보니

아들이 안 보이고 아무리 찾아도 아들이 없자 아버지가 산꼭대기 나무 위에서 立 木 見 (親)애절하게 간절히 아들을 찾은 그런 마음이 친 자랍니다.

친구도 그런 마음으로 대하면 고맙고 반갑고 모든 사물을 그런 심정으로 사랑하는 마음으로 대하면, 모든 것이 정겨워 지고 재미가 있고 애정이 갑니다.

왜 르네상스가 일어났을까 궁금하게 생각한 적이 많았는데 그 해답을 찾았습니다. 강신장이 쓴 『오리진이 되라』라는 책을 통해서입니다. 그때 이탈리아 피렌체에서 도대체 무슨 일이 있었기에 그 이전의 세계와는 전혀 다른 새로운 세상, 즉 르네상스 시대가 열릴 수 있었는가?

르네상스라는 새로운 세상을 만든 힘이 무엇인지를 알아내면 내가 세상을 살아가면서 얼마나 인간답게 살아 갈 것인가를 알 것 같아 골똘히 고민한 적이 한두 번이 아니었습니다.

달콤한 방식과 달콤한 생각으로 세상을 즉 사물을 바라봐야 진정한 사랑이 샘솟으며, 사랑의 눈으로 보면 보이지 않던 것을 볼 수 있습니다.

르네상스 대표적인 화가 마사초의 〈피렌체 귀부인의 출산〉을 보면 어느 귀부인이 출산을 해서 사람들이 축하하러 오는 장면인데 나팔수가 축하 팡파르를 부릅니다.

나팔수의 얼굴을 보면 볼이 터질 것 같고 눈알이 빠질 것 같이 그렸습니다, 얼마나 기쁜 마음으로 세게 부는지.

여기에 르네상스의 키워드가 있습니다. 그 이전에는 나팔수의 볼이나 눈알 따위에 관심을 둔 화가는 없었습니다.

마사초의 또 다른 그림을 보면 성 베드로에게 세례를 받는 장면이 있는데, 겨울에 세례를 받는 장면으로 앞에는 엄숙하기 이를 데 없는데, 뒷줄에 서 있는 사람들은 막 벌벌 떨며 고통스러워서 어쩔 줄 모릅니다.

중세 카톨릭에서 세례는 가장 중요한 의식입니다. 그렇게 중요한 의식을 받으면서 그렇게 고통스러워한다는 것은 중세적 시각으로 보면 신성모독에 가까운 것입니다.

그러나 마사초는 그렇게 그렸습니다. 마사초가 그리고자 한 것은 신성모독이 아니라 '진정한 인간'에 관한 것이었기 때문입니다.

인간은 아무리 성스러운 순간일지라도 추위가 오면 벌벌 떨 수밖에 없는 나약한 존재라는 사실을 마사초는 그림을 통해 표현한 것입니다.

이전의 화가들이 종교적 엄숙주의에 사로잡혀 결코 보지 못했던 것, 혹은 보고도 외면했던 것을 그는 섬세하게 바라보고 그렸던 것입니다.

사랑의 눈으로 보지 않으면 나팔수의 그 터질 것 같은 볼과 빠져나올 것 같은 눈알을 볼 수 없고 세례라는 엄숙한 순간에도 떨 수밖에 없는 사람들의 표정을 읽어 낼 수가 없습니다.

사랑의 마음이 중요한 것은 사랑으로 보아야 사람이라면 누구나 갖고 있는 외로움, 그리움, 슬픔, 아픔을 볼 수 있기 때문입니다.

보이지 않은 것을 볼 수 있는 힘이 바로 사랑입니다. 사람들이 르네상스를 '인본주의'라 부르는 것도, 바로 이런 사랑의 눈과 마음으로 사람들의 내면을 들여 다 보았기 때문입니다.

어느 분야에서건 나만의 르네상스를 만들고 싶다면 마치 연인들이 목숨 걸고 사랑을 하듯, 세상 사람들과 나의 고객들을 사랑의 눈으로 보십시오.

진심 어린 사랑의 눈으로 바라보면 볼 수 없었던 것들 또 보이지 않은 것들, 또 남들이 보지 못한 것들을 볼 수 있는 신비로운 힘이 생깁니다.

사랑하는 그대에게

사랑하면
누구나 시인이 되고
꿈 많은 소년·소녀가 되는가 봅니다.

사랑하면
얼굴에는 미소 가득하고
가슴은 뜨겁고

발걸음은 가볍고
두 주먹에 불끈
힘이 나는가 봅니다.

행복 나무에는
행복이 무럭무럭 자라고

세상 어느 곳에서나
사랑과 우정이 샘솟고

공항에서, 항구에서
와인 바에서, 축구장에서, 족구장에서

한마음 한뜻으로
해당화 오징어(해가 갈수록, 오래오래, 징그럽도록, 어울리면서 살자)를

꿈꾸고
가꾸고
나누고
베풀면서

먼 훗날 아름다웠노라고
그대 있어
행복하고 즐거웠다고

자신 있게
그대에게
감사의 박수를 칩니다.

이상

행복
꿈
바로 곁에 있습니다.

느끼시고
누리시고
잡으십시오.

사랑하는 그대 덕분에
매 순간 순간

행복했으며
매일 밤 꿈을 꾸며
단잠을 잘 수 있었습니다.

감사하고
고마웠습니다.

못다 한 정
살면서 사랑하며 나누시죠.

감·사·배 나눔본부를 태동하며

'감' 하면 가장 먼저 떠오르는 것이 있습니다.

"자, 곶감이다."

어릴 적 할머니, 할아버지께 심심치 않게 들어온 말입니다.

내가 울 때면 호랑이를 부르며 "아웅 호랑아 우리 아기 잡아가라!"며 겁을 주고는 호랑이 온다며 곶감 이야기를 해주시던 할머님이 생각납니다. 이런 생각에 할머니가 보고 싶고 그립습니다. 우리 할머니는 키도 크시고 참 고우셨습니다. 요즘에 태어나셨다면 미스코리아는 못 돼도 아마 모델은 하셨을 것입니다.

'감을 이야기하다가 엉뚱하게 웬 할머니 이야기인가?'라고 생각하는 분도 있을지 모르겠지만 전 이렇게라도 할머니와의 끈을 이어가고 싶습니다. 전 세상을 늘 감으로 살아갑니다. 해서 과일 중에서도 유난히 감을 좋아합니다.

서민 생활의 애환과 함께해온 감이 친숙하기 때문이기도 하지만 감은 버릴 게 하나도 없습니다. 감꽃을 먹어본 사람은 알 것입니다. 하얀 꽃도 아름답지만, 맛 또한 기가 찹니다. 보릿고개에 간식 대용으로 익지도 않은 감을 우려먹었던 기억이 살포시 미소를 짓게 합니다.

가을 들녘에 황금 물결과 조화를 이루며 집 안을 온통 금빛으로 물들게 한 감이 소중한 자산이었습니다. 100개를 한 접으로 팔아서 생계에 큰 보탬이 되었던 감이었습니다. 그리고 곶감은 또 어떠한가요?

몸에도 좋은 것이 효자 노릇도 합니다. 남몰래 친구들과 서리하던 아름다운 추억에 저도 모르게 미소가 절로 나네요.

감 중에 감이 홍시라면 이의를 제기할지 모르겠습니다만, 전 홍시에 대한 아름다운 추억들이 너무나도 많습니다. 지리산 골짜기 작은 마을에서 한문을 서당에서 배우며 자랐습니다.

우리 친구들 대부분이 하늘 天 땅 地 검을 玄 누르 黃을 소리 내어 읽으면서 천자문을 배웠습니다. 해서 우리 친구들은 한자를 그 누구보다도 많이 알고 있습니다. 천자문을 읽다 보면 방귀가 나오고 배가 고파 허리끈을 졸라매야 했습니다.

훈장이 뒷간에 가는 틈을 이용해 한 친구가 "야, 우리 서리하러 가자!"고 늘 제안을 하곤 했습니다. 그러면 우리는 너 나 할 것 없이 모두 좋다고 동의를 하고 거의 매일 서리를 하러 다녔습니다.

그중 무와 고구마 서리가 제일 많았는데, 또 하나 빼놓을 수 없는 것이 홍시였습니다. 주로 외양간 위에 볏짚을 쌓아 놓고 광주리에 홍시를 담아 놓았는데 우리는 어김없이 찾아내 서리를 했습니다.

한겨울에 이가 시린 줄도 모르고 정말로 맛있게 먹었던 기억에 잠시 동심으로 돌아가는 착각을 일으키게 됩니다. 감잎은 말려서 차로 끓여 먹으면 당뇨에도 좋고 해서 요즘 감잎차를 많이들 먹는다고 합니다. 그리고 가지치기한 감나무는 땔감으로도 제격입니다. 이와 같이 감나무는 버릴 게 하나도 없습니다.

여기서 전 '감'에 감사합니다, 감으로 인해 행복합니다.

풋내기에 불과한 제가 처녀작으로 『내 생애 최고의 선물』을 출간했습니다. 그 책에는 감·사과·배와의 만남을 쓰는 좋은 재료가 되었습니다. 아울러 기업체와 공공기관 등에서 강의를 하며 '감'을 주제로 많은 이야기를 하고 있습니다. 감에서 얻은 영감으로 "감사하며 살자."를 생활화하고 있습니다. 세상에 감사할 일이 얼마나 많은가요? 엄마 아빠의 사랑의 결실로 내가 이 세상에 태어난 것이 얼마나 감사하고 고마운 일인가요?

지리산 자락에서 자란 덕분에 초등학교를 십 리가 넘는 길을 걸어 다녔고 중학교는 삼십 리를 걸어 다녔습니다. 그래서 다리도 튼튼하고 건강합니다. 항도 부산에서 바다와 강과 산을 벗 삼으며 살았기에 감성이 풍부하고 자연을 소재로 이렇게 저의 생각을 이야기할 수 있어 행복하고 대학을 다니며 친구들과 젊음을 함께할 수 있었고 지금도 만나 대폿잔을 기울이기도 합니다.

과거에 급제는 못 했어도 일찍이 공무원으로 국립수산진흥원에서 시작된 저의 공직생활은 재무부, 재정경제원, 국무총리실, 금융위원회, 기획재정부에서 근무하는 행운을 가졌으니 이 또한 얼마나 감사한 일인가요?

　아무리 힘들어하고 술주정을 부려도 해장국 끓여주고 와이셔츠 다려주며 격려해 주는 마나님 있어 감사하고 넉넉지 못한 생활에 힘들게 공부하면서도 한 번도 속 썩이지 않고 예쁘게 자라준 두 딸에게 감사하고 요양병원에 계시지만 그래도 가끔 찾아가면 반겨주는 어머님이 있어 감사합니다.

　제가 지금에 있기까지 물심양면으로 헌신해 주신 큰 형님과 형수님께 감사하고 우리 집의 대들보인 막냇동생에게도 감사하고 힘들면서도 내색 한 번 하지 않고 살아준 둘째 형이 있어 감사하고 가끔씩 맛있는 반찬을 택배로 보내준 누나에게도 감사합니다.

　감사한 일들을 나열하려면 수도 없이 많습니다. 감사하며 살

아갈 것을 제안합니다. 감사하는 마음을 가지면 늘 감사한 일만 생깁니다. 그런데 감사하지 않을 일이 뭐가 있습니까?

우리는 "감 잡았다."는 말을 가끔 하곤 합니다. 뭔가 실마리를 잡았다는 이야기이지요. 앞으로 감만 잡고 살아가시기 바랍니다.

사과드리고 싶습니다.

무심코 웅덩이에 던진 돌멩이로 인해 개구리가 맞을 수 있고 피라미가 맞을 수 있고 붕어가 맞을 수도 있습니다. 아닌 밤중에 홍두깨라고 죄 없이 돌멩이에 맞아 죽기도 하고 부상을 당하기도 합니다. 비단 이뿐이겠습니까? 우리가 살아가면서 아무렇지 않게 던진 말들로 인해 타인이 상처를 받는 일들이 부지기수일 겁니다.

때로는 이러한 사소한 일들로 인해 극한 상황이 벌어져 돌이킬 수 없는 우를 범하는 경우가 많습니다. 내가 먼저 용서하고 사과하면 그뿐인데 말입니다. 흔히 "지는 것이 이기는 것이다."라고 말하곤 합니다.

그동안 세 치밖에 안 되는 혀를 잘못 놀려 상대에게 상처를 준 일이 있거나, 괜한 자존심 때문에 잘못을 해놓고도 사과를 하지 않은 일이 있었다면, 지금 당장 사과하고 용서받도록 합시다. 그리고 앞으로도 행여 사과할 일이 있으면 무조건 먼저 사과하는 습관을 갖도록 합시다. 사과하면 얻는 게 많습니다. 친구를 얻게 되고 돈을 얻게 되고 건강도 얻게 되고 얻게 되는 것이 한두 가지가 아닙니다. 그러니 어떠한 경우라도 내가 먼저 사과하도록 합시다.

배로 드리고 싶습니다

베풀며 사는 인생이 아름답다고 했습니다. 유대인들은 "자기보다 가난한 사람에게 돈이나 물건을 빌려주면서 어떠한 경우에라도 이자나 대가를 바라지 마라."라고 가르치고 있습니다. 또한 "남의 자선으로 생존하는 빈곤자라 하더라도 자선을 베풀어야 한다."라는 말이 토라의 613개 율법(유대인들이 반드시 지켜야 할 율법) 중에 들어 있습니다.

박종하 작가가 쓴 『아프리카에서 온 암소 아홉 마리』를 통해 믿음과 가치, 배려의 힘이 평범한 시골 여자를 추장의 아내로 만든 사례를 살펴보겠습니다. "믿는 사람 사이에는 신비한 힘이 생겨서 서로를 일으켜 준다."는 말이 있습니다. 아프리카의 줄루족의 추장 라담의 아들 쿠타사(용기)와 은타비생(아내) 간의 아름다운 믿음의 이야기입니다.

이야기의 내용은 이렇습니다.

아프리카 주루족의 풍습은 남자가 처녀의 가치에 따라 암소를 주면서 청혼을 하게 되어 있습니다. 쿠타사가 외국 유학을 다녀온 후 결혼하기 위해 누군가에게 청혼을 하게 되었는데, 마을에서는 이 추장의 아들이 누구에게 몇 마리의 암소로 청혼을 할 것인가가 관심사였습니다.

빨래터에서 아낙들이 이 이야기로 꽃을 피우고 남자들도 누구에게 청혼을 할 것인가 내기를 걸기도 했습니다. 드디어 추장의 아들은 살찐 암소 아홉 마리를 끌고 청혼 대상을 찾아 행진을 합니다. 친척들과 마을 사람들이 뒤를 따라 행진하면서 어느덧 마을의 큰 행사로 바뀌었습니다.

추장의 아들은 그 마을의 유력한 후보자 마을 원로 촌장의 딸 집을 지나고 부자인 바나나와 목장주의 딸 집도 지나갑니다. 뒤따르던 사람들은 어리둥절하기 시작합니다. 전혀 예상 밖의 일이 벌어지고 있기 때문이었습니다. 그 누구의 예상을 뛰어넘는 일이 벌어지고 있었습니다. 드디어 그 추장의 아들이 멈춘 곳은 초라한 오두막집 노인의 딸 은타비생의 집 앞 말뚝에 암소 아홉 마리의 고삐를 매었습니다.

그 딸 은타비생은 소심하고 깡마르고 키 큰 병약한 외모에 볼품없는 처녀였습니다. 도대체 믿기지 않는 일이 벌어진 것입니다. 지금까지 청혼한 암소는 3마리가 최고였고, 더욱 아홉 마리는 사상 처음 있는 일일 뿐만 아니라 청혼 대상 역시 예상 밖이었기 때문입니다.

마을에서는 당연히 이 청년이 미쳤다느니 처녀가 마법으로 홀렸다느니 온갖 소문이 난무했습니다. 쿠타샤는 암소 아홉 마리를 몰고 가 청혼한 은타비생에 관해 이렇게 이야기합니다.

사실 제 아내는 한 마리의 암소면 충분히 혼인 승낙을 얻을 수 있었지만, 문제는 그 청혼의 순간에 몇 마리의 암소를 받았느냐가 평생의 자기 가치를 결정할 수도 있다는 점이었습니다. 저는 아내를 사랑합니다. 그것은 너무나도 사무치는 제 소중한 감정입니다.

저는 제 아내가 스스로 자신의 가치를 한두 마리의 암소 값에 한정하고 평생을 사는 것을 원치 않았습니다. 세 마리를 선물하면 그 옛날 세 마리를 받았던 훌륭했던 사람들과 비교될 것이고 그러면 제 아내는 또 움츠러들지도 모르기 때문에 저는 세 마리를 훨씬 뛰어넘는 아홉 마리를 생각해낸 것입니다.

처음 아내는 아홉 마리의 암소 때문에 무척 놀란 듯했습니다.

그러나 차츰 시간이 흐르고 제 사랑의 진정함을 느끼게 되자 아내는 아홉 마리의 암소의 가치가 과연 자신에게 있는가를 생각했다고 합니다. 그리고는 어느 날 제게 이런 말을 하였습니다.

"저는 많이 부족하지만 당신이 몰고 온 아홉 마리 암소의 의미를 이제는 조금씩 알 것 같아요." 아내는 그 후로 자신의 가치를 아홉 마리에 걸맞게 노력하려고 했던 것 같았습니다. 항상 제 사랑에 대한 자신감을 느낀다고 했습니다.

저는 아내가 공부하거나 외모를 꾸미는 것을 권장한 것이 아니었기에 "있는 그대로의 당신을 사랑한다."라고 이야기해주었음에도 불구하고 아내는 점점 아름다워져만 갔습니다. 저는 예전의 모습이나 지금의 모습이나 똑같이 사랑하지만, 아마도 아내는 그전의 모습보다 지금 자신의 모습을 더욱 사랑하는 것 같습니다. 아내가 지금 자신의 모습을 사랑한다니 저도 만족스럽습니다.

제가 아홉 마리의 암소를 몰고 간 것은 아홉 마리의 가치를 주고자 했던 것이 결코 아닙니다. 그것 또한 하나의 틀이기 때문입니다. 저는 그 가치부여의 틀을 뛰어넘고 싶었습니다. 그것이 제가 아내를 이 세상 어느 누구보다도 사랑한다는 마음을 증명할 유일한 방법이었습니다. 그리고 지나서 하는 말이지 사실은 제 아내와 장인은 제가 맨몸으로 왔어도 제 청혼을 받아들였을 것입니다. 그 일가의 맑은 영혼을 저는 이미 알고 있었기 때문입니다.

아마 제 아내는 이 마을의 전설이 될 것입니다. 그리고 처음

엔 수군거렸던 아낙들도 제 아내의 요즘 모습을 보면서 모두들 자신의 일인 것처럼 아내의 밝은 미소를 사랑해줍니다. 언젠가는 이런 관습이 사라지겠지만 이런 정신은 사라지지 않을 것입니다.

사랑한다면 상대에게 최고의 가치를 부여해야 합니다. 그리고 사랑받으려면 최고의 가치를 스스로에게 부여해야 합니다. 그것이 제가 아홉 마리의 암소를 가져가 청혼을 한 이유였습니다. 마치 세 마리의 암소로는 어림없고 아홉 마리의 암소로도 다 하지 못하는 사랑의 마음을 어떻게 말로 표현할 수 있었겠습니까?

이 이야기를 통해 우리는 몇 가지의 반성을 해야 합니다.

우리는 얼마나 많은 가치를 사랑한다는 사람에게 부여하고 살아가는지, 또 우리는 우리 스스로 얼마만큼의 가치를 부여하고 살아가는지에 대하여 반성해야 합니다.

참으로 얼마나 아름다운 이야기입니까?

우리 모두 배려하고 용서하고 베풀면서 서로에게 최고의 가치를 부여하며 아름다운 인생을 후회 없이 살아갑시다. 이렇게 하다 보면 자연스럽게 감사하는 마음이 생기고 사과도 먼저 하게 되고 배로 주고 싶은 마음이 저절로 생기지 않겠습니까?

해서 저는 감사하고 사과하고 배로 주자는 앞 글자를 함축해서 뜻을 같이하는 지인들과 함께 사단법인 '감사배' 나눔 운동 본부를 조만간 발족하고자 준비를 마친 상태입니다. 앞으로 사단법인 '감사배' 나눔 운동본부에서는 우리국민 모두가 건강한 사회 속에서 행복하게 살아가는 그날까지 '감사배' 운동을 전국적으로 펼쳐 나갈 것입니다. 이 운동에 동참하고자 하는 모든 분들은 언제든지 자유롭게 가입해서 활동할 수 있으므로 뜻있는 많은 분들의 참여를 희망해봅니다.

우주의 섭리를 깨우쳐야
인생을 압니다

우주의 섭리는 이렇습니다.

만물이 생하고 멸하고를 반복하면서 적자생존법칙에 따라 생존을 하되 영구적인 것은 없으며 멸한 것도 또 다른 인연으로 생하기를 반복합니다. 이러한 생은 우주가 일정한 법칙에 따라 움직이기 때문에 가능하며 봄, 여름, 가을, 겨울, 연, 월, 일의 현상으로 나타납니다. 또한 지구 중심축의 기울기와 해, 달, 별의 움직임에 의해 밤과 낮, 북극과 남극, 아열대, 온대, 한대기후가 존재하며 그 기후에 영향을 받아 식물대가 형성되고, 거대한 축의 이동에 따라 편서풍과 시베리아 고기압, 북태평양 고기압이 부는 것입니다.

이러한 현상에 따라 대자연의 움직임이 일어나며 다음과 같은 형태로 계속 반복을 거듭합니다.

뽀송뽀송 생명의 날갯짓
나뭇잎의 한들한들
보리밭의 일렁이는 푸르름
메밀꽃 흔적의 잔영

코스모스와 잠자리의 너울거리는 조화로움
그저, 단지 그 자체만 바라보고 살아왔습니다.

파도가 부서지는 하얀 백사장
철썩철썩 부딪치는 아름다운 바닷가
그러나 이것을 주관하는 것이
바람이라는 것을 알기까지는
오랜 세월이 지난 뒤였습니다.

삭풍은 어떤 모습으로 나타나는지
하늬바람은 무엇을 위해 부는지

다 뜻이 있어 불고 시시각각 춘하추동
다른 모습으로 몸짓합니다.

바람이 생성되는 원리를 살펴보면
태평양 저 깊은 곳에 있는 풍부한 플랑크톤을 먹기 위해 몰려드는
고기들의 몸부림이 해수의 온도를 높이고
그 영향으로 구름이 형성되고 바람을 일으키는 원인으로 작용합
니다.

그렇다면 플랑크톤은 어떻게 생성될까요?
갯벌의 바닷가재들이 먹이를 찾아 구멍을 뚫고

그 속으로 공기가 들어가 또 다른 바다 식물들이
자라도록 생태환경을 조성합니다.

그로 인하여 바다로 풍부한 먹잇감들이 유입되어
산호초나 미역 등 바다 식물들이
자랄 수 있도록 결정적 역할을 하며
이로 인하여 풍부한 플랑크톤을 만들어 주는 것입니다.

또한 갯벌과 바다가재는 개울가에서 흘러내리는
풍부한 토양들이 흐르고 흘러
강 연안의 우렁이에 서식지를 제공하며

우렁이의 배설물이 또 다른 생태계를 조성하여
수많은 먹이 사슬을 형성합니다.

개울가 피라미들의 먹이는
하늘에서 내리는 비가 결정적 역할을 합니다.

비로 인하여 산과 들에 있는 모든 영양소들을
개울에 보내는 것입니다.

이 거대한 우주질서.
비, 우렁, 바닷가재, 플랑크톤, 바람…

어느 하나라도 작동을 멈추거나 상호 유기적으로 순환하지 않는
다면
우주질서는 파괴되고 새로운 생명의 탄생은 불가능할 것입니다.

이 거대한 우주 섭리 속에 인간도 생과 사를 거듭하며
억겁의 순환을 하고 있으며

생명주기에 따라 유아기, 청소년기, 사춘기, 중년, 노년을 거쳐
생을 마감합니다.

이러한 과정에서 인간은 생각하고 진화하고
환경을 극복하기 위한 도전과 응전을 거듭하여
인류문명을 꽃피워 가고 있습니다.

문명의 발달.
원시 사회에서, 중세, 근대, 현대, 미래사회로 이어지면서
사용하는 도구의 진화와 사조(생각)의 변화가 생깁니다.

도구의 진화와 사조의 변화가 생기는 근본 원리는
'생각하는 갈대'입니다.

생각들이 쌓이고 쌓여 원리를 만들고
새로운 물질들을 개발하고…

달나라에도, 별나라에도, 로봇… 수많은 콘텐츠의 생성.

이 모든 것을 움직이는 키는 인간의 생각입니다.
생각이 행동이 되고 행동이 습관이 되고 습관이 인격이 되고
인격이 쌓여서 '참 나'를 만듭니다.

이러한 우주질서와 인생 주기율에 따라
하루하루 살아가는 게 인생입니다.

그런데 우리가 산다는 것은 무엇인가요? 그것은 기약이 없는
것입니다.

하루가 다르게 발전하는 인류의 문명.
그 과학의 발전상을 몸소 체험하는 것만큼 신기한 일은 없습
니다.

또한 세계 곳곳에서 벌어지는 기후와의 전쟁, 가난과 기근과
벌이는 사투 등 안간힘을 쓰는 모습도 보입니다. 지역마다 다른
정치, 경제, 문화의 교류. 톱니바퀴처럼 완벽하게 맞물려 돌아가
는 우리 인간 세상. 이 모든 것을 움직이는 키는 말씀드렸다시피
'인간의 생각'입니다.

사실 우주란 우리 생각의 산물이 아닐까요? 명확히 두 눈으로

목격하는 저 광활한 하늘과 머리 위로 쏟아져 내리는 별들도 사실은 우리의 생각에서 비롯된 건 아닐까요? 바로 우리 자신이 우주의 시작이요 요체라는 말씀입니다.

이제부터 저는 제 우주의 모든 것을 보여드리고자 합니다. 어쩌면 시시할 수도 있겠지만 단 한순간이라도 고개를 끄덕이게 만드는 기쁨이 있으면 좋겠습니다.

인생과
나의 위치

지금 서 있는 곳에서 한 번
사방을 둘러보시기 바랍니다

무엇이 보이시나요
무엇을 느끼시나요

지금의 삶이 괴롭거나
혹 다가올 미래가 두렵지는 않은가요

그렇다면 조금 더 멀리 내다보십시오
거기에는 무엇이 있나요

사람이 사는 곳 밖에
숲과 산과 바다가 있습니다

사람 사는 곳 밖에 밖에 맞물린
미지의 세상, 한없이 작아지는
어쩌면 한없이 크게 다가오는

우주의 시작

크게 숨 한 번 들이쉬고
다시 내가 선 곳을 돌아봅니다

한결 가벼워진 마음으로
무엇이든 시작할 수 있을 것만 같지 않나요

이렇듯 인생은 마음먹기에 따라
잠깐의 변화에 따라 얼마든지 달라집니다

해와 달 지구 그리고 나

지구는 해와 달의 자전과 공전에 따라 움직이고
나는 지구의 움직임에 의해 하루하루 삶을 영위하고
드넓은 지구 위에 티끌만한 점 하나
수많은 인간 속에서도 나는 단지 원자보다 작은 생물체
인류 역사 속에서도
무슨 개체로밖에 표현되지 않을 이름 하나
그런 내가 생명의 원리를 터득하고
삶에 대한 진정한 의미 맛보면서
사랑을 속삭이고 우정을 나누며

진실한 삶을 살고 있네
지구가 온 생명체에 자양분을 제공하고
태양 빛이 그 생명체를 자라게 하듯
그리고 달빛이 어둠을 밝혀 주듯
삶의 생명과 빛과 어둠을 밝혀 주는
그 무엇이
나는 되고 싶다.

사람 냄새 나는 정이 흐르고
들꽃 세상에 노래 부르며
온 세상 환히 밝히는
그런 세상의 주인공이 되고 싶다
지금 나의 위치는 온 세상을 향해
영롱하게 빛나는 삶의 주인공

인생은
만남과 인연입니다

지금 이 순간 나는 어떤 만남의 인연으로
삶을 영위하고 살아갈까?

태생적인 만남으로 시작한 부모 자식 간의 만남이
평생 굴레가 되어 혈육과 자연환경이 결정되고
그 틀에서 자유로울 수 없는 인생

어떤 만남은 악연이 되어
어떤 만남은 너무나도 소중한 인연이 되어
행과 불행이 연속적으로 반복되고

만남이란 참으로 묘한,
인간관계라는 것만으로 단순하게 설명하지 못할
그 무엇

인간과 종교와의 만남이 그렇고
역사 속에서 시대와 영웅과의 만남이 그러하듯

내 모든 세계를 지배하고 있는
너와 나와의 만남
하늘에서 점지해 주심이 분명해

그렇지 않으면 의식과 느낌
그리고 표현하고 행동하는 모든 것이

이렇게 가슴에 와 닿고
같은 시간, 같은 공간 속에서
호흡할 수 있는 만남이 될 수는 없겠지

대중가요와 성악과의 만남이
신선한 청량감과 새로운 세계에 대한
드넓은 조화를 연출하듯

우리의 만남에
절대자의 간절한 사랑을 담아서
아!
나는 이렇게 살고 싶다

하루하루를 가장 아름답고
예쁘게 사랑을 속삭이며

그대의 심장소리와
내 떨리는 목소리를
뜨거운 피로 노래하면서

감사하고 기뻐하며
환희를 이어가고 싶다

세월이 흘러가는 속에서
만남과 헤어짐이 무수히 많지만
어제와 오늘과 내일을
사랑할 수 있었으면 좋겠다

나만의
철학이 있어야 합니다

　누구나 인간은 자기 의지와는 상관없이 이 지구라는 공간에 태어나서 살게 됩니다. 살면서 언어를 배우게 되고 성장기에 맞는 교육을 통해 필요한 학문들을 습득하게 됩니다. 수리도 배우고 정치, 경제, 사회, 문화 등 다양한 분야의 지식을 연마하여 사회 구성원으로서 기본 소양을 쌓게 됩니다. 그러면서 자기 적성에 맞는 분야의 공부를 하고 직업을 선택하여 살게 됩니다.

　그렇지만 궁극적으로 봉착하게 되는 문제는 '왜 사는가?' '무엇 때문에 사는가?' '어떻게 살아야 하나?'와 같이 인간의 삶에 대한 본질적인 의문들입니다. 죽을 때까지 이러한 고민에 휩싸여 살아가는 존재가 인간입니다. 이러한 문제를 해결하고 주체적인 삶을 위해서는 자기만의 확고한 철학과 개성이 있어야 합니다.

　우리는 하루하루 살아가면서 시간과 공간이라는 물리적 제약을 절대로 벗어날 수가 없습니다. 그래서 우리가 느낄 수 있는 것은 지금이라는 시간과 여기라는 공간일 뿐입니다. 가장 현명하게 사는 건 지금과 여기에서 깨어 있는 것입니다. 깨어 있는 삶. 그것이 바로 자기만의 철학적 삶이며 성공한 삶이냐, 행복한 삶이냐 유명해지고 부유해지는 것이 목적이 아닙니다. 자연이 주는 삼라만상에 자신을 부여하여 찬란하게 떠오르는 아침 햇살에, 영롱한 아침 이슬에 새소리, 바람소리, 생명의 탄생에 감사하고 행복해하며 삶의 의미를 깨우치는 것입니다. 이와 함께

나의 주관과 좌우명은 무엇인가?

나의 꿈과 목표는 무엇인가?

나는 얼마큼 치열하게 노력하는가?

고뇌하면서 최선을 다해 하루하루를 보내다 보면 내가 살아가야 할 이유와 목표와 가치 정의가 세워집니다. 지켜야 할 도리와 언제 어디서나 겸손하고 선을 추구해야 한다는 뚜렷한 삶의 방향과 인생관이 설정됩니다. 자신에 대한 '감사와 사랑하는 마음'이 생기며 마음의 눈을 뜨고 철학적 사유를 통해 인간으로서의 자존감을 회복할 수 있습니다.

세상의 모든 것을 다 가졌다 해도 삶의 주관과 자신만의 가치가 없다면 세상과 삶을 이해하는 자기만의 시선이 없다면 잠시 피었다 시들어버리는 꽃과 무엇이 다르겠습니까? 때문에 무엇을 하며 살든 어떠한 상황이든 인간이라면 누구나 존재와 삶에 대한 자기만의 철학이 있어야만 합니다.

이는 자기만의 색과 향기를 조율하고 자기만이 가진 독특한 맛을 조리하여 자발적으로 피워낸 마음의 능력이기도 합니다. 세상 그 어떤 것보다 자신을 밝히고 강화시키는 빛이며 에너지

입니다.

철학적인 삶을 사는 사람은, 답을 알고 있으면서도 결코 멈춰 서거나 돌아보지 않는 시간을 뛰어넘을 수도 있기 때문입니다. 철학이란 내가 가는 길이 인간으로서의 바른길인가 돌아보는 일입니다. 내 마음이 있어야 할 자리에 바로 장착되어 있는지 보듬어 살피는 일입니다.

아울러 내가 가진 생각과 신념과 꿈에 대한 변함없는 추구 그리고 그리되도록 아끼지 않는 마음의 뜻과 정성 이것만으로도 우리는 충분히 철학자입니다. 이로써 참다운 인간으로 거듭날 수 있고 물질에 잠식되어버린 세상에서 적어도 영혼을 저당 잡히는 어리석은 파우스트는 되지 않을 것입니다.

늘 마음 들여다보기를 하다 보면 자연스레 철학적으로 살게 되고 철학적으로 살다 보면 저절로 여유롭고 자유로워집니다. 이는 우주의 원자이자 자연의 일부인 인간에게 이미 주어진 섭리입니다. 우리가 그토록 목매다는 행복은 덤이며 행복이란 추구하는 것이 아니라 내 마음 안에서 인정하고 자유로워지는 것이기 때문입니다.

인생 뭐 있어

지금이 가장
소중한 시간입니다

내일 일을 누가 알겠습니까? 이다음 순간을 누가 알고 살아가는지요? 다만 순간순간을 꽃처럼 새롭게 피어나는 생명의 경외심을 가지고 매 순간을 자기 영혼을 가꾸는 일에, 자기영혼을 맑게 하는 데 온 정성을 쏟으며 살아야 합니다. 매 순간 최선을 다하는 것, 그것이 자신의 과거가 되고 현재가 되며 미래가 되는 것입니다.

순간순간 지금 이 순간 영혼을 가꾸고 열정을 쏟으며 생각하고 연구하고 갈구하며 나누고 베풀고 감사하고 사랑하며 감탄하고 기뻐하고 즐기고 참고 배려하고 명상하고 정진하고 긍정을 말하고 이러한 순간이 모여 삶이 되는 것입니다.

하루하루를 얼마나 멋있게 맛있게 사느냐에 따라 자기의 인생길이 결정됩니다. 반복되는 하루하루 어떤 공기를 마시고 어떤 곳을 바라보고 사느냐가 자신의 운명을 결정합니다. 빛나는 하루가 빛나는 인생을 열어줍니다.

지금 시작하십시오. 차일피일 미루었던 일이 있으면 지금 시작하십시오. 오늘이 지나면 그 일을 시작할 기회가 없을지도 모릅니다. 꼭 이루고 싶은 소망이 있다면 목표를 향해 지금 행동으로 옮기십시오.

　오늘이 지나면 간절히 소망하던 일이 한순간의 공상으로 끝날지 모릅니다. 심장의 고동이 멈추기 전까지는 그 어떤 것도 늦지 않습니다. 다만 우리가 시도하지 않고 있을 뿐입니다. 과거는 추억이고 미래는 희망 사항이고 오로지 지금이 있을 뿐입니다. 그런데 현대를 살아가는 사람들의 대부분이 50%는 과거를 생각하면서 살고 40%는 미래를 위해서 살고 단 10%만이 지금 이 순간을 위해서 산다는 통계를 읽은 적이 있습니다.

　과거는 이미 흘러갔습니다. 현재와 미래를 위해 단지 참고할 뿐입니다. 운전할 때도 백미러는 단지 안전운전을 위한 참고용에 불과합니다. 내 앞에 있는 지금을 어떻게 요리하느냐에 따라 건강이 주어지고 한 사람의 인생이 달라집니다. 똑같은 24시간도 자신이 어떻게 버무리고 사느냐에 따라 달라집니다. 짭짤하게, 알차게, 즐겁게, 요리하십시오.

　비가 오면 비와 버무리고, 눈이 오면 눈과 버무리고, 바람 불면 바람에 버무리고, 해 뜨면 햇살과 함께 아름답게 버무려서 알차고 보람찬 내 삶을 요리해야 합니다. 나만이 가질 수 있는 맛있는 요리 나만의 특권이요, 위대함이라 생각합니다. 웃음의 양념을 듬뿍 넣고 감사로 간도 잘해가면서 주변 사람들에게도 멋지게 대접할 수 있는 그런 요리를 만들고 싶습니다.

　자전거로 세계 일주를 한 대학생 이야기가 나에게 감동을 주었습니다.

명문대에 다니며 누구나와 같이 좋은 직장을 구하기 위해 취업준비를 해야 할 대학 3학년 때 본인이 그렇게도 가고 싶은 세계 일주를 어떻게 하면 갈 수 있을까를 궁리하고 계획해도 도저히 갈 수 없는 상황이었답니다.

부모님은 직장을 구하고 나서 가도 늦지 않다고 하시며 허락을 해주지 않으시고 그렇다 보니 경비 마련하는 것도 만만치 않고 몇 날 며칠을 고민하고 고민하여 내린 결론이 '지금 하지 않으면 영영 할 수 없을지도 모른다. 다음에 직장을 구하고 나면 기회가 온다는 보장도 없을 뿐만 아니라 결혼하고 직장에 쫓기고 이런저런 사정으로 똑같은 고민에 봉착할 것이다. 그러니 지금 바로 하자!'라고 결론짓고, 바로 실행에 옮겼다고 합니다. 우선은 경비가 문제가 되고 해서 자전거로 가기로 하고 자전거 타기 연습, 부품수리 공부, 일주코스 점검, 식료품 등 장비 마련을 한 후 바로 일주를 시작하였습니다.

고비사막에서 타이어가 펑크가 나서 죽을 고비를 넘긴 경험, 우즈베키스탄에서의 따뜻한 우정 등 일주하면서 경험한 모든 것들로 인하여 인생관이 바뀌고, 진정한 행복이 무엇인지 사소한 것들에 대한 고마움에 눈물이 흘렀다고 합니다. 그리고 지금 내가 누리고 있는 것들에 대한 감사함, 화장실이 그렇게도 고맙고 비록 작지만 지금 앉아 있는 의자가 그렇게 안락할 수가 없는 것을 느꼈습니다.

그러면서 내린 결론이 '그때 만약 내가 다음에 해야지 하고 그렇게도 하고 싶었던 세계 일주를 하지 않았다면 물론 대기업에 취직하여 많은 월급에 다람쥐 쳇바퀴 돌듯 일에 파묻혀서 살고 있겠지만 진정한 행복이 무언지 감사함을 알며 살고 있을 것인가?'였다고 합니다.

세상이 그렇게도 넓고 작은 것에도 내가 하고 싶은 것을 하고 사는 것이 이렇게 행복할 수가 없다며 뭐든지 하고 싶으면 지금 바로 하라고 권합니다.

인생,
마음먹기에 달렸습니다

　비몽사몽 부족한 잠에 뒤척이다 보면 간밤에 꾼 꿈들로 머리
가 복잡하고 뭔가 이상한 생각들로 가득한 경우가 많습니다. 이
런저런 해석들로 골똘하지만, 딱히 뭐라고 속 시원하게 결론도
내리지 못하고… 그러다 보면 생머리만 아프고, 눈은 벌겋게 충
혈이 되고 대부분 기분이 좋은 것보다는 우울해지거나 불안하거
나 무언가 찜찜해져 하루를 맞이하는 것이 상쾌함보다는 어두운
경우가 많습니다. 그런데 이런 생각들은 대부분 허상인 경우가
많으며 계속해서 생각한다고 해결책이 나오지도 않습니다.

하나의 참고 사항 정도로 여기고 긍정으로 전환하여 새로 맞이할 새벽공기, 새소리, 그리운 사람들과의 멋진 만남 대화 등을 연상하면 금방 간밤의 꿈은 안개처럼 사라지고 그 자리에 아름다운 것들이 나를 반기며 빙그레 미소로 다가옵니다.

똑같은 상황에서 마음의 방향만 바꾸었는데 이렇게 마음 상태가 달라집니다. 새벽 등산을 가기 위해 알람시계를 켜둡니다. 알람이 수없이 울어대며 선잠을 깨웁니다. 수많은 갈등을 합니다. "일어날까 말까, 등산을 갈까 말까?" 몸은 천근만근 피로가 엄습하여 마음 같아서는 조금이라도 더 자고 싶은 마음이 굴뚝같습니다.

이때 이런 생각을 합니다.

'오늘을 어떻게 보내고 싶은가? 우울하게 고개를 숙인 채로 보낼 것인가? 활기차고 긍정의 에너지가 작동하고 감사와 사랑으로 보낼 것인가?' 그러면 벌떡 일어나게 됩니다. 일어나서 뼈근한 근육들을 추스르고 맨손체조 몇 번 하고 산으로 쉬엄쉬엄 올라가다 보면 몸에 땀도 나고 새벽바람이 얼굴을 간지럽게 하고 가끔씩 울어대는 새소리가 들려올 때면, '천국이 바로 이곳이구나!' 감사와 사랑이 샘솟고 긍정에너지가 작동을 합니다.

갈등과 망설임의 순간에 마음 상태를 어느 방향으로 작동하도록 하느냐에 따라 상황은 엄청나게 바뀝니다. 나만의 힐링캠프를 만들어 보고자 장소를 물색하면 온통 보이는 자연마다 어디가 적합한지? 저곳은 물의 흐름과 경관이 적당한지? 통풍은 잘되는지? 배산임수는 어떤지? 집 구조는 어떻게 할까? 텃밭과 조경은 어떻게 아름답게 꾸밀까?

마음을 먹으면 온통 마음이 그곳에 머물게 됩니다. 그리고 모든 게 마음먹는 대로 몸도 따라갑니다.

세상에는 긍정과 부정이 늘 공존합니다. 어둠이 있으면 밝음이 있고, 양지가 있으면 음지가 있고, 플러스가 있으면 마이너스가 있고, 행복이 있으면 불행이 있습니다. 그런데 어느 한 곳으로 1%만 마음을 더 기울여도 모든 게 그 방향으로 작동합니다.

50대 50에서 1%를 어느 곳으로 마음을 주느냐에 따라 달라지는 것입니다. 불행으로 마음을 주면 불행해지고 행복으로 마음을 주면 행복해지고 부정으로 주면 부정으로 긍정에 주면 긍정으로 행복을 찾아 파랑새를 잡으러 나섰지만 결국 파랑새는 먼 곳이 아니라 내 마음속에 있었습니다. 같은 문제를 두고 마음 편하게 잘 지내는 사람도 있고 안절부절못하는 사람도 있습니다.

원효대사가 불법佛法을 공부하기 위해 당나라로 유학 가는 길에 밤이 어두워 잠자리를 찾던 중 어느 동굴을 발견하여 잠을 청했습니다. 자다가 목이 말라 잠결에 물을 찾아 마셨는데 다음날 일어나보니 그곳은 동굴이 아니라 무덤이었고, 잠결에 달게 마셨던 물은 해골바가지에 고였던 물이었습니다.

같은 동굴인데 밤에는 포근한 잠자리였지만 낮에는 무서운 무덤이었으며, 같은 물인데 밤에는 목을 축여주는 시원한 물이 었지만 낮에는 해골에 고인 끔찍한 물이었습니다.

봄비가 하염없이 주룩주룩 내립니다. 이 비가 겨우내 얼어붙은 만물을 소생시키겠지 생각하니 단비 같고 생명수로 느껴집니다. 처마 끝에 똑똑 떨어지는 빗방울이 모이고 모여서 개울이 되고, 내를 이루며 도도히 흘러가는 강물이 되고 오대양이 되는 시원이라고 생각하니 생명력이 느껴지고 강력한 에너지로 느껴집니다.

옛날에 쥐 한 마리가 살고 있었다. 쥐는 고양이가 너무 무서웠다.
이를 불쌍히 여긴 마술사가 그 쥐를 고양이로 만들어 주었다.

그랬더니 이제 고양이는 개가 무서웠다. 개만 보면 쥐구멍만 찾았다.
그래서 개로 만들어주었더니 이제는 표범을 무서워하는 게 아닌가?

다시 표범을 만들어 주었더니 사냥꾼을 무서워하고
그래서 안 되겠다 싶어 다시 원래 모습인 쥐로 만들어주었다.

겉모습을 아무리 바꿔줘도 네놈의 마음속에서
네놈은 늘 쥐였을 뿐이다.

모든 것은 오직 마음에서 지어내는 것이며 우리가 인식하는
모든 것은 마음의 작용입니다. 마음을 어느 곳에 둘 것인가는
전적으로 본인의 의사에 달려 있습니다. 선한 곳에 두고 감사와
사랑을 실천하고 살 것인가? 아니면 투정부리고 원망하고 살
것인가? 이런 마음을 어떻게 가꾸고 닦아서 나의 인생, 삶에 행
복이 샘솟고 긍정에너지가 언제나 늘 작동하도록 할 것인가를
갈구하면서 살아야 합니다.

마음, 세상을 다스리는 힘

정신무장을 위해 부족한 운동량을 보충하기 위해
야간 산행을 하기로 마음먹고
저녁 10시에 집을 나섰습니다.

막상 나서고 보니 마음에 온갖 생각들로
포기하고 싶은 생각이 너무나도 많이 드는 겁니다.

혹시 귀신이 나오지 않을까?
도깨비가 갑자기 나타나면 어떻게 하지?

으슥한 곳에서 이상한 사람이 불쑥 나타나면 어떻게 할까?
호랑이는 없다고 하지만 혹시 나타나지나 않을까?
다른 들짐승들이 나타날 것 같고….

온갖 생각에 온통 머리가 복잡하고
머리카락은 곤두설 대로 곤두서고

한 걸음 한 걸음이 그야말로 긴장의 연속입니다.
온몸이 땀으로 뒤범벅이고

그렇지만 포기하지 않고 목적지까지 도착했습니다.

조금은 여유를 갖고 보니 저녁 야경이 너무나 아름답습니다.

내려와서 곰곰이 생각해봅니다.
내가 생각하는 것들이 아무것도 나타나지 않았는데
왜 그리 무서워했을까?

그런 것들이 다 내 스스로 설정해놓은
부질없는 함정 아닌가?
무지의 소치일 수도 있고

아, 맞다!
세상살이도 다 이런 이치가 아닌가?

남들은 나에게 아무런 관심도 없는데
나 혼자서 그냥 혹시 남들이 나를 어떻게 생각할까?

욕은 안 하는 건지? 스스로 가정을 설정하고
혼자서 그냥 갖가지 생각들로
스스로를 멍들게 하는 것은 아닌지?

남들도 나처럼 바빠서 자기 일 처리하기도 바쁜데
나에게 무슨 관심이 있겠는가?
스스로 정도의 길을 걸어가면 될 뿐

인생 **뭐 있어**

마음먹은 대로 세상은 변합니다

참 묘하지요?
어떻게 무슨 말로 표현할까요?

주고 싶은 마음이 있고, 함께 나누고 싶은 마음
보고 싶은 마음

멋진 광경이나 맛있는 것
같이 보고, 같이 먹고 싶은 마음

마음에 문을 닫으면 바늘구멍 하나도
들어갈 수 없는 것이 인간의 마음인데

마음에 문을 활짝 열면
모든 것이 열리는

나의 마음은 지금도 어디론가 누군가와 같이
나눌 공간을 찾아

산천초목을 상상하면서
즐거운 마음으로 일상을 산다오

나는 어릴 적 워낙 산골 중의 산골에서
학교 다니면서
특히 중학교 다니면서 밤길을 많이 걸었는데

밤길을 걷다 보면 묘지 옆을 많이 지나다 보니
정말이지 온몸에 소름이 돋고

머리끝이 뾰쪽뾰쪽, 식은땀이 주르르 날 정도로
무서운 기억이 많았습니다.

그런데 신기하게도 나의 아버지 산소 옆을 지나면
마음이 놓이고

푸근하고 옆에서 지켜주시고 있는 것 같아
무서움이 순간 사라져버리는

밤길을 걸을 때는 항상 뒤를 돌아보지 말라는데도
아버지 산소 근처에서는 뒤도 돌아보게 되고

참으로 묘하지요.
왜 그럴까요?
마음이라고 늘 생각하면서 산다오

마음이 천국이요
예수도, 석가모니도 내 마음에 있음을

때로는 시기하는 마음으로 밤잠 설치면서
낑낑거려보기도 하고

지금도 수양이 덜되
마음 상하면서 살아가지만

그래도 마음 맞은 친구들과 나누는
소중한 공간이 있어 좋고

지난날을 거울삼아 그리고 지금까지 쌓아온 경륜으로
앞으로는 웃으면서 마음 훌훌 털어버리고
재미지게 살렵니다.

갑자기 어린왕자의 한 대목이 떠오릅니다.
어린왕자님이 지구에 내려와 보니
예쁜 장미들이 수없이 많이 있는데

하늘에 두고 온
내가 키운 장미보다 소중하고 예쁘지 않다고

가물 때 물도 주고, 바람 불면 울타리도 막아주고
그래 지구에 있는 장미보다 더 소중하고 아름답다고

우리도 지구 상에 그 많은 사람들이 모여 살지만
나를 아는 모든 이와 나눈 나눌
그 모든 것들이 너무나도 소중하기에

지구 상에서 가장 아름답고 향기 나는
우리의 사랑으로 그리고 형수 색깔에 어울리는
늘 변함없는 박형수가 되겠습니다.

아침에 눈을 뜨면 기도를 합니다

아침에 눈을 뜨면
마르크스아우렐리우스의 명상록을 생각해봅니다.

새벽 기도하시는
어머님의 간절한 모습을 떠올려봅니다.
불경소리 고요한 새벽 산사를 상상해봅니다.

오늘도 감사와 사랑 조화로운 사회…
부모형제 무고하고 사랑하는 아내가 건강하고
지혜롭고 활기찬 하루가 되길
두 손 모아 봅니다.

그리고 예쁜 두 딸의 꿈과 희망이 샘솟는
행복하고 즐거운 아름다운 시간이길 소망해봅니다.

아침에 눈을 뜨면
그리운 사람들 한 분 한 분 그려봅니다.

오늘도 얼굴에는 미소 가득하고
마음은 행복이 충만한 하루되시길
한 분 한 분 떠올리며 기도합니다.

아침에 눈을 뜨면
행복이 무언지를 생각해봅니다.
멀리 있지 않네요.

어느덧 빙그레 미소가 나를 반기며
행복이 같이 가자고 졸라대네요.

아침에 눈을 뜨면
감사하는 마음 떠올려 봅니다.
아침 산행 길에 만나는 산들바람,
새소리, 들꽃, 아침이슬, 햇살

아침에 눈을 뜨면
나를 아는 모든 분들이

세상의 지혜로운 잠언, 좋은 책
유머, 시사 정보를 공유하여
세상을 아름답고 훈훈하게 한다면
얼마나 아름다운 세상이 될까?

아침에 눈을 뜨면
오늘도 가치 있고 보람 있는 행동으로
저녁에 잠자리에 들 때

인생 뭐 있어

의미 있는 하루였다고 느껴지기를 기도해봅니다.

인생 **뭐 있어**

일상의 위대함

매일 매일 살아가는 일상. 무슨 철학적이거나, 돈 되는 정보가 있다거나 유머가 넘치는 살맛 나는 그 무엇이 있는 것도 아닌데 하루하루 여친도, 남친도 이 세상 그 무엇도 스스로 의미, 느낌, 미소, 행복을 부여하지 않으면 따분하겠지요.

로미오와 줄리엣, 예수, 부처, 공자, 맹자 그 많은 성현들도 우리네 삶과 별반 다를 게 없었을 것이고 살면서 사랑이란 이름으로 철학이란 그 무엇으로 의미 부여하여 그 시대에 풍미하는 사는 사람들의 일상을 대신하여 표현하는 것들이 아닌지?

현재 자기가 위치하고 있는 기후, 풍토, 의식, 종교 등에 따라 삶의 양식을 누리고, 느끼고, 표현하는 각양각색의 현상들 사람들은 누구나 새로움을 그리고 자기만의 비밀을 가지면서 흥분하고 스릴을 느끼고 그러면서도 원초적인 자신의 본래 모습으로 돌아가려는 회귀 본능적 이중성의 자신… 누구나 아니라고 부인하겠지만 강한 부정을 할 수 없는 것이 인간의 속성일 것입니다.

공기가, 꽃들이, 책 속의 그 무엇들이 다 무슨 의미로 다가올까요? 그때 그 분위기에 젖으면 다 그럴싸해 보이지만 지나고 나면 일상의 그 모든 것에 구속되어 자유롭지 못한 게 우리라는 존재지요. 그렇지만 분명한 것은 그러한 것들로 인하여 자신이 변해가고 있거나 변화를 추구하여 거듭거듭 새롭게 보다 더 성숙해지고 있다는 것입니다.

나이테가 늘어난다고 그리고 우리가 더 많은 것을 더 많이 안다고 해서 더 행복해진다는 그런 의미는 아니라고 생각합니다. 하루하루 의미 있고, 행복을 느끼고 산다면 그러함의 연속이 아닐까요?

누구나 이상향을, 무릉도원을 꿈꾸고 살지만 오늘보다는 내일이, 내일보다는 모레가 하면서 살고 평범함의 소중함이 가장 절실하게 다가올 때가 있습니다. 건강하게 살다가 신체 일부분의 이상을 느낄 때, 병원 창밖을 내려다보는 환자들이 지나가는 사람, 자동차 등을 볼 때, 호수에 한가로이 헤엄치는 오리들의 평화스러움. 의외로 친하거나 나를 생각하는 사람들이 많은 줄 알았는데 외로워질 때….

일상은 평범함 속의 연속입니다. 대단하고 획기적인 뭔가를 필요로 하는 일은 그렇게 빈번하게 일어나지 않습니다. 그럼에도 그러한 일상을 확실하게 지켜나가는 사람은 흔치 않습니다.

인생은
연극입니다

연극을 싫어하는 사람은 없을 겁니다. 그리고 '연극' 하면 '셰익스피어'를 생각하게 될 것입니다. 영국 국민들은 인도와도 바꿀 수 없다고 할 만큼 셰익스피어에 대한 자부심이 대단합니다. 물론 과장이라 생각합니다만 우리들 대다수는 학창시절에, 아니면 성인이 되어서 책이나 영화, 연극 등을 통해 한 번은 접했으리라 생각됩니다.

셰익스피어의 작품을 살펴보면 4대 비극과 5대 희극으로 대변됩니다. '셰익스피어' 말만 들어도 흥분되지 않습니까? 오페라 작품으로 가장 많이 연출되는 게 햄릿이 아닐까 합니다. 우리가 인생에 비극의 상황에 처하거나 극한 상황에 놓였을 때 셰익스피어의 대표작인 햄릿을 생각하게 됩니다. 그 유명한 대사 "사느냐, 죽느냐 그것이 문제로다."

자기 아버지를 죽인 동생과 또다시 결혼하는 어머니에게 배신을 당하는 기분이 어떠했을까요? 그래서 자기가 사랑하는 오필리아까지 멀리하고 복수할 수 있는 순간에도 방황하는 인간의 복잡한 감정들이 고스란히 녹아있는 작품 '햄릿'.

인간은 어떤 존재인지? 무엇 때문에 살아가는지? 또 어떻게 살아가야 하는지? 인간 마음속의 욕구나 갈증을 잘 표현한 작품입니다.

이 작품 외에도 리어왕과 맥베스와 오셀로 등 많은 작품도 읽고 명화도 보면서 우리의 감정을 울고 웃게 했던 기억들이 새롭습니다. 셰익스피어는 베니스의 상인을 통해 우리에게 희극을 전하고 있습니다. 샤일록과 포셔, 햄릿과 함께 유명한 등장인물들이 등장합니다. 사랑과 우정을 그린 희극 베니스의 상인 희극과 비극의 조화로 기발한 반전과 그의 재미를 더해줍니다.

문학은 시대를 반영하며, 꺼지지 않는 등불이 되어 줍니다. 때론 사회의 문제를 간접적으로 비유하며 계몽운동을 펼치기도 하고, 때론 희망의 불씨를 지펴 세상을 바꾸기도 합니다. 우리가 문학 작품을 읽는 이유는 내가 경험하지 못한 다양한 인간의 삶과 생각, 감정들을 경험할 수 있기 때문이며 영혼의 양식이 되기 때문입니다.

셰익스피어의 작품들… 그 안에는 인간의 삶 자체가 들어있습니다. 인생의 희로애락을 쥐락펴락하고 있습니다. 너무 기뻐서 울기도 하고, 너무 슬퍼서 웃기도 합니다. 불멸의 고전인 셰익스피어 작품을 읽으면서 기초 교양도 쌓고 상상력과 창의력을 발현하는 좋은 계기가 되었던 사실을 부인할 수 없습니다.

인생은, 삶은, 연출을 하는 것입니다. 그 연출을 어떻게 하느냐에 따라 충무공 이순신이 될 수도 있고, 세종대왕이 될 수도 있고, 황희 정승이 될 수도 있고, 만델라, 타고르, 간디, 링컨, 테레사 수녀, 예수, 석가모니 마호메트, 공자도 될 수 있습니다. 그러나 간과해서는 안 될 것이 우리의 내면에 있는 악마의 축. 즉, 선보다는 악을 행하려는 뇌세포가 더 많다는 사실입니다. 그렇기 때문에 마음을 통제하고, 잘 다스리는 것이 중요합니다. 뉴스를 보면 선행을 베풀어 세상을 밝게 한 사건보다 악의 축으로 인해 타락한, 지옥의 나락으로 떨어진 사건들을 메인 뉴스로 장식함을 우리는 일상에서 접하게 됩니다. 해서 연출을 잘해야 하는 이유가 여기에 있습니다. 그것이 인생이기 때문입니다.

악의 축이 될 것인가? 역사에 현자로 남아 회자될 것인가?
선택의 기로에 서 있는 것은 바로 우리 자신입니다. 인생의 길은 없습니다. 단지 내가 걸어가는 그 길이 나의 인생길인 것입니다. 그 길을 잘 닦아야 하지 않겠습니까?

전 어느 곳에서나 산소 같은 존재가 되어 준 '노방초'로 살고
싶습니다. 아무도 관심을 가져주지 않고, 알아주지 않아도 묵
묵히 산소를 공급해 주며 자신의 소임을 다하는 노방초를 난
좋아합니다.

'길가의 노방초야 밟히어도, 밟히어도 굳세게 살아라. 언젠가
꽃 피면 나비 찾아오리라.'

이렇게 우리는 인생을 연출해 가는 것입니다. 누구를 의식할
필요가 없습니다. 왜냐하면 나의 삶은 내가 연출해 가는 노정
이기 때문입니다.

'관객이 될 것인가? 아니면 무대 위의 주인공이 될 것인가?'

전 사춘기 시절 아바를 너무도 좋아했습니다. 그리고 4년 전
에 영화 맘마미아를 통해 다시 만났고 이듬해 뮤지컬 맘마미아
를 너무 인상 깊게 관람했습니다. 뮤지컬 영화는 음악과 함께
해서 그런지 일반 영화보다 나의 감성을 더욱 자극시켰습니다.
실제 맘마미아 뮤지컬 감독 필리다 로이드가 이 영화의 감독을
맡았다고 하여 더욱 기대가 되었습니다.

영화를 보는 내내 귀를 즐겁게 했던 아바의 주옥같은 명곡들,
영화를 보는 내내 눈을 즐겁게 했던 아름다운 배경들. 여성으
로 다 끝난 것 같았던 중년 여성의 사랑의 스토리에 난 흠뻑 빠
졌습니다. 이렇게 음악을 통해, 영화를 통해 뮤지컬을 통해 아
바의 노래들이 연출되고 있습니다.

난 아바 노래 중 I have a dream을 아주 좋아합니다.

I have a dream / Connie Talbot(코니 텔벗)

내겐 꿈이 있어요, 부르고 싶은 노래도 있죠.
세상 무엇과도 잘 어울리도록 나를 도와 줄
동화의 놀라움을 느낄 수 있는 사람은
미래를 가질 수 있어요, 그 결과가 어떠해도
……(중략)
- I have a dream
나는 천사를 믿어요.
세상 모든 것에 깃들어 있는 선善함도, 나는 천사를 믿어요.
알맞은 때가 오면
나는 강을 건널 거예요 - 내겐 꿈이 있어요.
나는 강을 건널 거예요 - 내겐 꿈이 있어요.

참 얼마나 멋지고 아름다운 노래인가요?

우리나라 재판장에서 부장판사가 연출한 아름답고 현명한 판
결 사례가 떠올라 소개해드리겠습니다. 서울 서초동 소년 법정
에서 일어난 사건입니다.
서울 도심에서 친구들과 함께 오토바이를 훔쳐 달아난 혐의
로 구속된 소녀가 방청석에서 홀어머니가 지켜보는 가운데 재
판을 기다리고 있었습니다. 조용한 법정 안에 중년의 여성 부
장판사가 들어와 무거운 보호처분을 예상하여 어깨가 잔뜩 움

츠리고 있던 소녀를 향하여 나지막이 정한 목소리로 "앉은 자리에서 일어나 나를 따라 힘차게 외쳐 보렴. 나는 이 세상에서 가장 멋있게 생겼다."라고 이야기했습니다.

예상치 못한 재판장의 요구에 잠시 머뭇거리던 소녀는 나지막하게 "나는 이 세상에서….".라며 입을 열었습니다. 그러자 이번에는 더 큰소리로 나를 따라 하라고 하면서 "나는 이 세상에 두려울 게 없다. 이 세상은 나 혼자가 아니다. 나는 무엇이든지 할 수 있다."라고 큰 목소리로 따라 말하던 소녀는 "이 세상은 나 혼자가 아니다."라고 외칠 때 참았던 눈물을 터뜨리고 말았습니다.

소녀는 그동안 14건의 절도, 폭행 등 범죄를 저질러 한 차례 소년 법정에 섰던 전력이 있었으므로 이번에도 동일한 수법으로 범죄를 저질러 무거운 형벌을 받게 되어 있는데도 불구하고, 판사는 소녀를 법정에서 일으켜 세워 저 몇 마디를 외치게 하는 것으로 판결을 내렸습니다.

판사가 이런 결정을 내린 이유는 이 소녀가 작년 초까지만 해도 어려운 가정환경에서 자라면서도 반에서 상위권 성적을 유지하였으며, 장래 간호사를 꿈꾸던 발랄한 학생이었는데, 작년 초 귀갓길에서 남학생 여러 명에게 끌려가 집단 폭행을 당하면서 삶이 송두리째 바뀌었기 때문입니다.

소녀는 당시 후유증으로 병원의 치료를 받았고, 그 충격으로 홀어머니는 신체 일부가 마비되기까지 하였으며, 소녀는 겉돌기 시작했던 것이었습니다. 심지어 비행 청소년들과 어울려 다니면서 범행을 저지르게 되었던 것입니다.

판사는 다시 법정에서 지켜보던 참관인들 앞에서 말을 이었습니다.

"이 소녀는 가해자로 재판장에 섰습니다. 그러나 소녀의 삶역시 이토록 망가진 것을 알게 된다면 누가 이 아이에게 가해자라고 말할 수 있겠습니까? 이 아이의 잘못에 대한 책임은 여기 앉아있는 여러분과 우리 자신에게 물어야 합니다. 이 소녀가 다시 세상에서 긍정적으로 살아갈 수 있는 유일한 방법은잃어버린 자존심을 우리가 다시 찾아주는 것입니다."

눈시울이 붉어진 판사는 눈물이 범벅된 소녀를 법대 앞으로불러 세워 "이 세상에서 누가 제일 중요할까? 그건 바로 너야.이 사실만 잊지 않는다면…." 그리고는 두 손을 쭉 뻗어 소녀의손을 잡아주면서 이렇게 말을 이었습니다.

"마음 같아서는 꼭 안아주고 싶지만, 너와 나 사이에는 법대가 가로막혀 있어 이 정도밖에 할 수 없어 미안하구나."

이 사건은 서울 서초동 법원청사 소년 법정에서 16세 소녀에게 서울가정법원 "김귀옥" 부장판사가 내린 이례적인 판결로참여관 및 실무관 그리고 방청인들까지 눈물을 흘리게 했던 사건입니다. 명판관이 아닐 수 없습니다. 이렇게 멋지게 연출을한 명판관으로 인해 이 어린 소녀는 새로운 삶은 살게 되었습

니다. 이 소녀가 인생을 성공적으로 연출하여 훌륭한 지도자가
되리라 난 확신합니다.

　여러분들은 지금부터 선택하시기 바랍니다. 관객이든 주인공
이든, 주사위는 던져졌습니다. 인생을 멋지게 설계하고 연출하
며 가치 있게 살기를 희망해 봅니다.

인생에
공짜는 없습니다

옛날 어느 나라에 학문과 지혜를 숭상하는 어진 임금이 있었습니다. 그 임금은 어느 날 나라 안에 있는 훌륭한 학자들을 불러 모아놓고 이렇게 명을 내렸습니다.

"경들은 오늘부터, 우리의 후손들에게 물려줄 지상 최고 성공의 지혜들을 모아 책으로 엮어 오시오."

명령을 받은 학자들은 세상에 존재하는 온갖 성공의 지혜들을 모아 총 12권의 책으로 엮어 임금에게 바쳤습니다. 임금은 흐뭇한 표정으로 그 책들을 여기저기 펼쳐보았습니다. 그러더니 이렇게 말하는 것이었습니다.

"과연 이 책 속에 담긴 성공의 지혜들은 모두 훌륭한 것들임에는 틀림 없는 것 같소. 그러나 이처럼 분량이 방대하다면 후손들이 즐겨 읽지 않을 것이오. 제아무리 훌륭한 성공의 지혜가 담긴 책이라도 후손들이 읽지 않는다면 무슨 소용이겠소? 줄일 수 있는 것은 줄여서 아주 간단하게 만들어 보도록 하시오."

학자들은 임금의 새로운 명을 받들어 다시 작업을 거듭한 끝에 12권의 책을 줄이고 줄여서 이번에는 단 한 권의 책으로 엮은 다음 임금께 갖다 바쳤습니다. 그러자 그 한 권의 책을 여기 저기 훑어보던 임금은 이렇게 말하는 것이었습니다.

"이것도 분량이 너무 많은 것 같소. 이 한 권의 책에 담긴 성공의 지혜들을 어떻게 단 한마디의 말로 압축할 수는 없겠소? 단 한마디의 말로 압축해 보도록 하시오."

학자들은 오랜 시간 동안 갑론을박 토론을 거듭한 끝에 단 한마디의 말로 성공의 지혜를 압축하여 임금께 갖다 바쳤습니다. 그러자 임금은 그 한마디의 성공의 지혜를 보면서 이렇게 말하는 것이었습니다.

"이 한마디 말이야말로 우리가 후손들에게 물려 줄 수 있는 '지상 최고 성공의 지혜'임에 틀림이 없소. 보면 볼수록 정말 훌륭하오."

이 세상에 존재하는 온갖 성공의 지혜들을 모아서 총 12권의 책으로 엮고, 그것을 다시 줄이고 줄여서 한 권으로 엮은 다음 그것을 다시 줄이고 줄여 단 한마디로 만든 그 '성공의 지혜'는 과연 무엇이었을까요? 그것은 바로 "공짜는 없다."입니다.
정말로 맞는 말입니다. 우리가 성공하기 위해서는 반듯이 그에 맞는 고통과 대가가 따른다는 것입니다.

옛날에 훌륭한 학자를 아들로 둔 한 어머니의 이야기입니다. 일찍 남편을 여의고 가난한 생활을 해야 했던 어머니는 바느질을 하여 살림살이를 해가면서 두 아들을 공부시켰습니다. 하루는 어머니가 방에서 바느질을 하고 있는데, 비가 내리기 시작하더니 처마로 물이 떨어지기 시작했습니다. 그런데 물 떨어지는 소리가 마치 땅 밑에서 쇠그릇이 울리는 소리와 같았습니다.

이상하게 생각하여 땅을 파 보니 과연 큰 가마가 있었습니다. 그 안에는 하얀 은이 가득 들어 있었다. 가난한 살림에 이같이 큰 보화를 얻었으니 오죽 좋으랴. 그러나 어머니는 남모르게 이것을 흙으로 묻고 그 이튿날 오라버니에게 부탁하여 집을 팔고 다른 곳으로 이사했습니다.

그 후 두 아들은 장성하고, 학자로 이름을 날렸습니다. 집안 살림도 나아져 이제는 끼니 걱정, 옷 걱정 없이 살 수 있었습니다. 그러던 어느 날 어머니는 오라버니에게 말했습니다.

"남편이 죽은 후 나는 이 두 아이들을 맡아 잘 기르지 못할까 봐 밤낮으로 마음을 썼습니다. 그런데 이 아이들의 학문도 깊어졌고 자기 할 일을 제대로 하니 이제 나는 세상을 떠나도 부끄럽지는 않겠습니다."

그러면서 은이 든 가마를 버린 이야기를 덧붙여 하였습니다. 이 말에 그 오라버니는 깜짝 놀랐습니다. 그 어려운 살림에 굴러 들어온 보화를 버리다니….

어머니는 다시 말했습니다.

"이유 없이 큰돈을 얻으면 반드시 의외의 재앙이 있을 것입니다. 사람은 마땅히 고생을 하여 그 대가를 얻어야 합니다. 힘들여 일하지 않고 재물을 얻는다면 재물의 소중함도 모르고 게을러질 것입니다. 돈을 낭비하는 습관만 생기고, 마음이 점점 게을러져 쓸모없는 사람이 될 것이므로 이를 떠나는 것이 화를 떠나는 일이라고 여겨 가난의 길을 취하였던 것입니다."

성공에는 대가가 따라야 함을 보여준 좋은 본보기라 여겨집니다. 성공하기 위해서는 다음과 같은 조건이 따릅니다. "성공은 자신의 손안에 있다, 실패도 자신의 손안에 있다." 인생 성패의 주인공은 바로 자기 자신입니다.

성공의 씨를 뿌리는 사람은 성공하고, 실패의 씨를 뿌리는 사람은 실패한다. 당신은 지금 어떤 씨를 뿌리고 있는가요? 마음은 성공의 뿌리인 것입니다. 따라서 성공을 쟁취하기 위해서는 마음의 성공을 이룩하지 않으면 안 됩니다. 흔히 사람들은 성공에는 어떤 기적이 따르는 것처럼 생각하지만 천만의 말씀입니다.

성공에 기적이란 없습니다. 성공하기 위해서 슈퍼맨이나 원더우먼이 될 필요가 없습니다. 당신의 성공은 당신이 품고 있는 마음만큼 가능합니다. 마음이 크면 크게 성공하고, 마음이 작으면 적게 성공합니다.

　마음은 통입니다. 통이 큰 사람은 크게 성공합니다. 통의 주인은 당신입니다. 당신의 마음이 통입니다. 마음은 바로 당신 자신의 것입니다. 당신은 글자 그대로 당신이 생각하는 그 자체이고 당신의 성격은 당신의 총화인 것입니다. 그러므로 당신은 현재 생각하는 대로 현재의 당신이고, 내일 생각한 대로 내일의 당신이며, 한 달 후 생각하는 대로 그때의 당신입니다.

　영국의 수필가 제임스 알렌은 "인간이란 자기가 생각한 대로 된다."고 했으며 "인간은 자신에 의해 만들어진다."고도 했습니다. 인생은 건설적으로 만들어지기도 하고, 파괴적으로 만들어지기도 합니다. 이 모든 건설과 파괴의 주인은 마음입니다.

　파괴라는 흉기의 마음을 가지면 모든 것이 파괴적으로 흐릅니다. 그러나 당신이 건강과 기쁨과 평화의 마음을 가지면 당신은 성공적인 인생을 건설할 수 있습니다. 인생의 성패는 생각하는 마음에 따라 백지 한 장 차이입니다. 만약 당신이 성공, 행복, 사랑, 재산, 건강 등을 바라고 있다면 이와 관련된 마음의 씨를 뿌리십시오.

　마음의 씨를 뿌리는 데는 돈이 필요 없습니다. 권력이 필요 없습니다. 오직 그렇게 될 줄 믿고 행동하는 것뿐입니다.

바라는 것은 얻는 것이다.
열망하는 것은 이루는 것이다.
구하라 그러면 얻을 것이다.

고귀한 꿈을 가져라
그러면 당신은 그 꿈대로 될 것이다.

비전을 가져라
내일은 비전의 열매가 맺을 것이다.

가장 위대한 업적도 처음에는 그리고 일정한 과정에서는 하나의 꿈에 불과합니다. 참나무는 도토리 속에서 잠자다 깨어난 것입니다. 새들은 알 속에서 기다립니다. 그리고 잊지 마십시오. 영혼의 가장 고결한 비전 속에는 천사가 깨어나려고 기다리고 있는 것입니다. 이것은 결코 종교적인 미사여구가 아닙니다. 분명히 말해두지만 꿈은 성공의 묘목입니다.

당신의 주변 환경이 마음에 맞지 않는다 하더라도 당신의 꿈이 분명하고 그 꿈을 실현하기 위해 열심히 노력한다면 환경은 문제가 되지 않습니다. 환경의 적응 여부도 마음먹기에 달렸습니다.

여기 가난과 노동에 찌든 한 젊은이가 있다고 가정해봅시다. 그는 자신의 꿈을 실현하기 위해 악조건의 환경 속에서도 불평 없이 열심히 노력을 했습니다. 그는 항상 위대한 자동차 사장의 꿈을 꾸고 있었습니다. 결국 그 젊은이는 포드 자동차 회사의 창업자인 포드 자신이었던 것입니다.

어려운 환경 속에서도 자신의 이상적인 꿈을 마음에 그려 보십시오. 가난과 피로는 문제가 되지 않습니다. 오히려 용기와 성실이 솟아오릅니다. 여러분도 자동차 왕 포드처럼 될 수 있습니다. 문제는 당신의 비전, 당신의 꿈, 당신의 마음상태에 있습니다. 불평하면 망한다, 불평은 건강을 좀먹고 마음을 파괴합니다.

당신은 노력한 만큼만 받게 될 것입니다. 그 이상도 그 이하도 아닙니다. 당신의 현 상태가 어떻든 간에 당신의 생각, 비전, 이상에 따라 상승하기도 하고, 타락하기도 하고, 현상유지 그대로 머물기도 할 것입니다.

당신은 자신을 좌우하는 욕망의 그릇만큼 달라질 것입니다. 마음이 작으면 그릇이 작습니다. 만약 당신을 이끄는 욕망과 이상이 강하고 크면 당신은 위대하게 될 것입니다.

성공을 하려면 확신이 있어야 합니다. 인생은 누구나 성공하기를 원합니다. 그런데 성공한 사람보다 실패한 사람이 왜 더 많을까요? 그것은 성공에 대한 확신이 부족하거나 결여되었기 때문입니다. 성공을 원하면서도 마음 한편에는 여전이 실패에 대한 불안이 싹트고 있기 때문입니다. 성공이 그냥 오는 것이 아닙니다.

성공은 반드시 성공하겠다는 확신과 결의에 찬 사람에만 주어지는 하나의 특권입니다. 성공하고야 말겠다는 굳은 믿음은 성공을 격려하고 간절히 바라는 소망이 성공을 유지시켜줍니다. 따라서 굳은 믿음과 간절한 소망이 성공의 초석을 다지게 되고 또한 원동력이 되는 것입니다.

우리가 성공하기 위해서는 가장 먼저 자신에 대한 믿음의 불을 켜야 합니다. 그리고 성공하기를 간절히 바라는 소망에 횃불을 밝혀야 합니다. 믿음과 소망에 사랑의 열풍을 불어넣고 나에겐 실패란 씨앗은 아예 존재하지 않다고 생각하십시오. 그러면 당신이 가진 믿음과 소망이 결코 허무와 비극의 터전이 될 수 없을 것입니다.

인생에서 공짜란 절대로 없습니다. 설령 있다 한들 오래 못
갑니다. 이것이 진리입니다. 실패 없는 인생을 알고 있으면 말
해 보십시오. 성공한 사람이면 누구나 실패와 좌절의 고배 길
을 수십 번을 넘기고 나서야 성공의 축배를 들 수 있었음을 알
아야 합니다. 따라서 실패를 두려워하기보다는 실패에서 교훈
을 배워야 합니다. 반드시 실패 속에는 성공의 씨앗이 숨겨져
있음을 알아야 합니다.

이 숨겨진 씨앗을 찾아 싹을 틔울 수 있는 것은 성공에의 확
신입니다. 실패하더라도 재기할 기회는 언제든지 오게 마련입
니다. 기회의 신은 항상 우리 곁에 있는데 우리가 활용을 못 할
뿐입니다. 우선 자신감을 갖는 것이 중요합니다. 그렇다면 우
리의 자신감은 어디서 오며 어떻게 찾아야 할까요? 해답은 건
강과 능력에서 자신감이 나옵니다. 강인한 체력에서 불타는 삶
의 의욕이 샘솟게 됩니다.

하나님은 우리에게 무한한 건강의 잠재력을 주셨습니다.
예수님께서는 분명히 말씀하셨습니다.
"너희는 세상의 빛이요, 소금이라."
소금은 썩지 않습니다. 빛은 건강의 상징입니다. 봄이 가고,
여름이 가고, 가을이 와도 영원히 변치 않는 것이 빛입니다. 성
공의 길은 어둠의 자식이 아닌, 빛의 아들이 되는 데 있습니다.

성공은 성공을 열망하는 자에게 오는 선물입니다. 우리는 성공
의 개척자가 되어야 합니다.

어떻게 사는 것이
행복한 인생일까요?

사람마다 행복의 가치 기준이 다르고, 사랑의 척도가 다르고 부에 대한 잣대도 다릅니다.

그래서 인생이 살맛 나는 것입니다. 그러니 나를 기준으로 상대방을 평가하지 마시기 바랍니다. 법륜스님은 우리 인생의 황금기는 바로 지금이라고 말합니다. 스스로 만족하는 삶을 살아갈 때 그것이 행복한 인생이라고 바로 오늘, 우리는 행복한 인생을 살 수 있습니다.

법륜스님이 전하는 인생수업 몇 가지를 통해 인생의 해답을 찾아보고자 소개합니다.

왜 사느냐고요? "사람은 왜 살아야 합니까?" 젊을 때 많이 하는 질문입니다.

그리고 또다시 묻는 시기가 있습니다. 40대, 50대, 혹은 갱년기에 접어들어 삶의 회의가 들면서 다시 묻게 됩니다. 사는 게 뭔가, 대체 인생이란 무엇인가.'

그런데 이 질문에는 답이 나올 수가 없습니다. 삶이 '왜'라는 생각보다 먼저기 때문이에요. 즉, 존재가 사유보다 먼저 있기 때문이지요. 살고 있으니 생각도 하는 건데 '왜 사는지'를 자꾸 물으니 답이 나올 수가 없습니다.

내가 태어나고 싶어서 태어난 게 아니라 이미 태어나 있었습니다. 한국 사람이 되고 싶어서 된 게 아니라 이미 되어 있었습니다. 그런데 '내가 왜 한국 사람이 됐지?' 이렇게 물으면 답이 나오지 않습니다.

그런데도 자꾸 그런 생각을 하면 '이렇게 삶의 의미도 모르고 살아서 뭐해.' 하는 생각이 들기도 합니다. 이처럼 "왜 사는가?"를 계속 묻다 보면 자살과 같은 부정적인 생각으로 흐르기 쉽습니다.

이제 생각을 바꾸어야 합니다. '메뚜기도 살고 다람쥐도 살고 토끼도 사는구나. 나도 살고 저 사람도 산다. 모두 살고 있는데 그럼 어떻게 사는 게 좋은 걸까? 즐겁게 사는 게 좋을까, 괴롭게 사는 게 좋을까? 즐겁게 사는 게 좋다. 그럼 어떻게 하면 즐겁게 살지?'

풀도 그냥 살고 토끼도 그냥 살고 사람도 그냥 삽니다. 또 때가 되면 죽습니다. 살고 싶어서 살고 죽고 싶어서 죽는 게 아니라, 삶은 그냥 주어졌고 때가 되면 죽는 거예요. 결국 주어진 삶에서 내가 선택할 수 있는 것은 '괴로워하며 살 것인가, 즐거워하며 살 것인가'의 문제입니다.

내 인생의 주인은 바로 나예요. 그래서 나에게 인생을 행복하게 할 책임도 권리도 있습니다. '왜 사느냐'는 질문으로 삶에 시비를 거는 대신 '어떻게 하면 오늘도 행복하게 살까'를 생각하는 것이 삶의 에너지를 발전적으로 쓰는 길입니다. 그것이 내 인생에 대한 책임과 권리를 지닌 주인으로 사는 것이기도 합니다.

모든 것은 변해갑니다. 그런데 예전 생각만 하고 지난 것을 고집하면 거기에서 괴로움이 생깁니다. 어릴 때 우정으로 뭉쳤던 친구들도 세월이 가면 자기 살기 바빠서 흩어지기 마련입니다. 그러다 보면 예전처럼 모여도 반갑지 못하고 시들합니다. 물론 우정은 있겠지만 어릴 때와 같은 관계는 아닙니다. 그것은 나이 들어가면서 자연스럽게 일어나는 현상입니다.

상대방을 내 뜻대로 하려고 하고, 내 취향에 맞는지 너무 따지면 인생살이가 피곤해서 병이 생길 수밖에 없습니다. 친구들과 늘 함께해야 한다는 생각을 내려놓아야 자유로워집니다. 같이 있으면 대화할 수 있어 좋고, 혼자 있으면 혼자 있어 좋아야 합니다. 그러면 곁에 사람이 있든 없든 아무런 상관이 없고, 언제 만나든 편할 수 있어요.

"오는 사람 막지 말고 가는 사람 잡지 말라."라는 말이 있습니다. 이것은 인간관계를 아무렇게나 내버려두라는 게 아니라 주어진 인연을 그대로 받아들이라는 뜻입니다.

사람 관계가 변하는 것을 억지로 잡으려고 하지 말고, 떠난다고 아쉬워하지 말며, 집착하지도 않아야 편안한 관계를 맺을 수 있습니다. 그래야 새로운 인연도 만날 수 있어요.

나부터 살피세요.

20대 때는 서른 되고 마흔 되면 더 너그러워지고 대인관계도 유연해지리라고 생각합니다. 이해심이 커져서 남도 더 배려할 걸로 생각하지요. 하지만 나이 들어가니 너그러워졌나요? 30대든 50대든 마음을 열고 상대를 이해하고 받아들이면 너그럽다는 소리를 듣습니다. 그러니까 나이와 상관없이 상대를 넓은 마음으로 이해하고 수용하는 사람이 인간관계를 편안하게 만들어간다는 것입니다.

상대를 미워하는 대신 그냥 놓아주면, 상대와 원수질 일 없고 내 인생도 편안해집니다. 부부가 20년, 30년 살다가 이혼하게 되더라도 욕하며 헤어질 게 아니라 서로 절하며 헤어질 수도 있습니다.

갈등을 해결하려면 자기를 살피는 데서 출발해야 하는데, 상대가 먼저 바뀌기를 기대하기 때문에 문제가 해결되지 않습니다. 오히려 분란만 커지고, 갈등만 깊어집니다.

너그러워지고 이해심이 깊어지고 성숙해지는 것은 바로 내가 내 인생이 그렇게 변화하는 겁니다. 그래서 인연의 매듭을 푸는 것은 상대를 바꾸려는 것이 아니라 나를 돌아보고 나를 바꾸는 데서 출발하는 것입니다. 기대를 버리세요. 결혼하고 1년쯤 지나면 신혼도 끝나고 사랑의 감정도 조금은 식는다고들 합니다.

그런데 결혼한 지 23년이 되었는데도 남편만 보면 가슴이 뛰고 긴장된다는 부인이 있습니다. 남편을 쳐다만 봐도 좋은데, 한편으로는 남편에게 계속 신경 쓰는 자신이 싫고 괴롭다는 겁니다. 어떻게 해야 남편을 덜 사랑하고 자기 자신을 사랑할 수 있을지?

자유로운 마음을 갖게 도와달라고 했습니다. 그런데 단지 남편을 더 사랑하는 게 싫어서 자유로워지고 싶은 걸까요?

남에게 사랑받으려고만 하면 자기가 원하는 것이 이뤄지지 않을 때 항상 괴로움에 허우적거립니다. 현명한 사람은 자기가 사랑받으려면 먼저 자신을 사랑해야 하고 칭찬받으려면 먼저 자신을 칭찬해야 한다는 것을 압니다.

그래서 자기가 먼저 사랑하고 자기가 먼저 칭찬하기 때문에 상대방에게 사랑받고 칭찬받습니다. 내가 베푼 만큼 받을 것을 기대하는 사람은 자기가 베푼 만큼 받게 되면 괴로움이 적지만, 베풀고도 못 받으면 베풀지 않은 사람보다 훨씬 더 괴로워합니다. 그래서 사랑은 미움의 씨앗이라고 합니다. 사랑하지 않는 사람은 미워할 일이 없지만, 사랑하는 사람은 어느 때는 철천지원수가 되기도 합니다.

자기를 낳아 키워준 부모, 친했던 친구, 사랑하고 좋아했던 사람을 미워하는 것도 바로 기대하는 마음 때문입니다. 바라는 것 없이 어떤 사람을 사랑하면, 그가 나를 좋아하지 않아도 내가 그 사람을 좋아하기 때문에 그를 보는 것만으로도 행복해집니다. 기대 없이 좋아해 보세요. 바다를 사랑하듯이 산을 좋아하듯이.

단풍처럼 아름답게 늙어가세요. 새싹은 자라서 여름에 무성해지다가 가을이 되면 단풍이 들고 결국은 가랑잎이 돼서 떨어집니다. 이 모습을 보면서 흔히 '떨어지는 가랑잎이 쓸쓸하다.'고 합니다. 그런데 과연 떨어지는 가랑잎이 쓸쓸한 걸까요? 아닙니다.

바로 그걸 보는 내 마음이 쓸쓸한 거예요. 가랑잎을 보면서 '찬란했던 내 젊음도 저 가랑잎처럼 스러져가는구나.' 하고 나이 들어가는 내 인생을 아쉬워하는 겁니다.

봄에 피는 꽃, 새싹만 예쁠까요? 가을에 잘 물든 단풍도 무척 곱고 예쁩니다. 아무리 꽃이 예뻐도 떨어지면 아무도 주워 가지 않지만, 가을에 잘 물든 단풍은 책 속에 고이 꽂아서 오래 보관하기도 합니다.

우리 인생도 나고 자라고 나이 들어가는데, 잘 물든 단풍처럼 늙어 가면 그 인생에는 이미 평화로움이 깃들어 있습니다. 그렇듯 아름답게 물들려면 어떻게 해야 할까요? 아등바등 늙지 않으려는 욕망을 내려놓고 나이 들어가는 것을 담담히 받아들일 수 있어야 합니다.

자기에게 주어진 처지를 받아들인 사람의 얼굴은 무척이나 편안합니다. 잘 물든 단풍이 아름답듯이 늙음이 비참하지도 않고 초라하지도 않습니다. 순리대로 잘 늙어가는 것입니다.

나이 들면 뭐든지 지나치면 안 되고, 젊을 때처럼 욕심을 내면 안 됩니다. 나이가 들어서 그러면 노욕이라고 하는데, 좀 추하게 욕심을 부린다는 뜻이거든요. 나이가 들면 자꾸 일을 벌이고 계획을 세워서 무언가를 하려고 할 게 아니라 정리를 해나가야 합니다.

인생을 포기한다는 게 아니고 열매를 맺는 과정이기 때문에,

잔가지들을 정리하면서 잘 마무리를 해야 한다는 겁니다.

잔소리는 거두세요. 나이가 들면 어딜 가든 젊은 사람들에게 훈계하느라 말을 많이 합니다. 아무리 좋은 이야기라도 반복하면 듣기 좋아할 사람은 없습니다. 그런데 나이가 들면 왜 잔소리와 간섭이 늘까요?

늘 옛날 기준으로 보니까 못마땅한 것이 많이 보여서입니다. 또 살아온 경험이 많으니 젊은 사람의 미숙함이 눈에 많이 띕니다. 그러니까 자꾸 훈수를 두고 싶어 하는 거예요. 그러나 보통은 잔소리라고 듣기 싫어합니다. 그러니 한 번 말하고 안 들으면 입을 꾹 다물어야 합니다.

비가 와서 젖을 걸 뻔히 알아도 한 번 젖고 두 번 젖고 세 번 젖고 그래서 고추농사 망치면 자식들도 그제야 압니다. 이런 경험을 묵묵히 지켜봐 줘야 하는데, 어찌 될지 알고 있으니까 자꾸 간섭을 하는 거예요.

자식을 생각해서 걱정하는 마음으로 하는 말이지만, 잔소리한다고 자식들이 달라지는 것도 아니고 오히려 귀찮게만 여깁니다. 그러니 입을 다무는 게 좋습니다. 자식이 부모 곁을 떠나고 잘 안 찾아온다면 부모는 자신을 돌아봐야 합니다.

'내가 좀 잔소리가 많구나. 남의 인생에 간섭을 하는구나.'

생각해야 합니다. 잔소리와 간섭을 안 해야 자식과 같이 살아도 늘 보살핌을 받습니다.

이상과 같이 법륜스님께서 말씀하신 '나부터 살피고, 기대를 버리고 단풍처럼 아름답게 늙어가고, 잔소리는 거두고' 살아가면 인생이 아름답지 않겠습니까?

이에 감히 하나를 덧붙인다면 '호주머니, 즉 지갑을 열 것'을 추가하고 싶습니다. 나이 들면서 "지갑은 열고 입은 닫아!"라는 말을 많이 듣고 살아가고 있습니다. 그런데 알면서도 참 잘 안 되는 것이 사실이다. 왜 그럴까 하고 가만히 생각해 보니 모든 것이 욕심에서 기인되고 있음을 알 수 있습니다.

보릿고개를 살아온 우리의 부모님들은 가난에서 벗어나는 것이 인생 최고의 목표였습니다. 해서 악착같이 일해 모은 돈으로 집도 사고 자식 교육도 시켰지요. 그러다 보니 늘 마음의 여유가 없었습니다. 그래서 자신부터 살피거나 자식에 대한 기대를 버리기가 쉽지가 않습니다.

저 또한 보릿고개 세대다 보니 법륜스님 말씀처럼 실천하는 것이 쉬운 일은 아니었으나 일상생활을 통해 부단히 노력하다 보니 이제는 몸에 배었습니다. 모임을 가거나 친구를 만나거나, 선후배를 만날 때도 전 가급적 호주머니를 먼저 열려고 노력합니다. 그리고 말을 하기보다는 들어주는 쪽입니다.

오십 후반에 접어든 저는 요즘 인생이 참 아름답고 즐겁습니다. 비우면 채워지고 내려놓으니 편합니다. 이제야 삶에 대한 묘미를 서서히 알 것 같습니다. 그래서 하루하루의 인생이 기대되고 오늘보다는 내일이 더 희망적이기에 살맛이 납니다.

저도 법륜스님의 말씀처럼 '단풍처럼 아름답게 늙어 갈 수 있을 것 같습니다.' 아니 그렇게 살려고 노력할 것입니다.

'노블레스 오블리주'를
인생의 가치로

노블레스 오블리주란 프랑스어로 "직위에 따른 도덕적 의무"를 의미합니다.

보통 부와 권력, 명성은 사회에 대한 책임과 함께 해야 한다는 의미로 쓰입니다. 하지만 이 말은 사회지도층들이 국민의 의무를 실천하지 않는 문제를 비판하는 부정적인 의미로 쓰이기도 합니다.

원래 노블레스는 '닭의 볏'을 의미하고, 오블리주는 '닭의 노른자'라는 뜻이라고 합니다. 이 두 단어를 합쳐서 만든 '노블레스 오블리주'는 닭의 사명이 자기의 벼슬을 자랑함에 있지 않고 알을 낳는 데 있음을 말해주고 있습니다.

이 말의 어원을 보면 14세기 백년전쟁이 있을 때로 거슬러 올라갑니다.

당시 프랑스의 도시 '칼레'는 영국군에게 포위를 당하였습니다. 칼레는 영국의 거센 공격을 막아내지만, 더 이상 원병을 기대할 수 없어 결국 항복을 하게 됩니다. 그 후에 영국 왕 에드워드 3세에게 자비를 구하는 칼레시의 항복 사절단이 파견됩니다. 그러나 점령자는 이렇게 말했습니다.

"모든 시민의 생명을 보장하는 조건으로 누군가가 그동안의 반항에 대해 책임을 져야 한다. 이 도시의 대표 6명이 목을 매 처형받아야 한다."

칼레시민들은 혼란에 처했고, 누가 처형을 당해야 하는지를 논의하게 되었습니다. 모두가 머뭇거리는 상황에서 칼레시에서 가장 부자인 '외스타슈 드 생 피에르Eustache de St Pierre'가 처형을 자청하였고, 이어서 시장, 상인, 법률가 등의 귀족들도 처형에 동참하게 됩니다.

그들은 다음날 처형을 받기 위해 교수대에 모였습니다. 그러나 임신한 왕비의 간청을 들은 영국 왕 에드워드 3세는 죽음을 자초했던 시민 여섯 명의 희생정신에 감복하여 살려주게 됩니다.

이 이야기는 역사가에 의해 기록되고 높은 신분에 따른 도덕적 의무인 '노블레스 오블리주'의 상징이 되었습니다. "고귀하게 태어난 사람은 고귀하게 행동해야 한다."라는 뜻의 노블레스 오블리주는 과거 로마제국 귀족들의 불문율이었습니다.

로마 귀족들은 자신들이 노예와 다른 점은 신분이 다르다는 단순한 점이 아닌, 사회적 의무를 실천할 수 있다는 사실이라고 생각할 만큼 노블레스 오블리주 실천에 대해 자부심을 갖고 있었습니다.

로마공화정의 귀족들은 솔선하여 명장 한니발의 카르타고와

벌인 포에니 전쟁에 참여하였고, 16년간의 제2차 포에니 전쟁 중에는 13명의 집정관Consul이 전사하게 됩니다.

집정관은 선거를 통해 선출된 고위공직자로 귀족계급을 대표하며 로마의 관리 중에서 가장 높은 관직이었습니다. 또한 로마에서는 병역의무를 실천하지 않은 사람은 호민관이나 집정관 등의 고위공직자가 될 수 없었을 만큼 노블레스 오블리주 실천이 당연하게 여겨졌습니다. 이러한 정신이 있었기에 로마제국은 1,000년의 역사를 자랑하며 찬란한 문화의 꽃을 피워 후손에게 전할 수 있었던 것입니다.

그럼 우리나라 역사상 가장 노블레스 오블리주 정신을 실천한 사람은 누구일까요?

많은 사람들이 있지만, 저는 독립운동가 이회영 선생님의 형제들이야말로 노블레스 오블리주 정신을 가장 모범적으로 실천한 형제라고 생각합니다.

오성과 한음으로 유명한 백사 이항복의 10대손이 바로 이회영 선생입니다. 이회영 선생의 집안은 백사 이항복 이래 이유승李裕承에 이르기까지 9대조를 제외하고는 모두가 정승·판서·참판을 지낸 손꼽히는 명문가입니다.

또한 몇 대에 걸쳐 풍족하게 쓸 수 있을 만큼 어마어마한 재산을 가지고 있었습니다. 재산으로 가지고 있었던 토지가 지금의 명동 일대로 현시가로 600억 원 정도라고 합니다.

큰 부자요 명예를 가진, 그야말로 부러울 게 없는 시절에 우리나라 역사상 가장 치욕적이고 통탄할 사건이 일어나고 맙니다. 바로 1910년 을사조약. 즉, 한일합방입니다.

나라를 잃자 이회영 선생과 그 형제들은 모든 부귀, 명예, 안녕을 뿌리치고 모든 것을 자금으로 마련한 뒤 그해 겨울 압록강을 건너 만주로 향합니다. 그리고 만주에서 무장독립투쟁의 시작이자 청산리 대첩의 주역인 신흥무관학교를 설립하게 됩니다.

이는 우리 역사상 유례를 찾기 어려운 가문 차원의 독립운동으로 흔히들 말하는 '노블레스 오블리주'를 형제가 실천한 좋은 사례로 볼 수 있습니다.

우당 이회영 선생께서 설립한 신흥강습소에선 학생들에게 군사교육과 일반 교육(역사, 지리, 한국어 등)을 가르치며 애국정신과 민족의식 그리고 항일정신을 고취시키는 데 앞장섰습니다. 일제에 의해 폐교될 때까지 약 3,500여 명의 생도들을 배출했으며 우당 이회영 선생과 그 형제에 의해 교육을 받은 생도들은 후에 1920년 봉오동 전투, 1920년 의열단, 1940년 광복군의 일원으로 활약하게 됩니다.

나라의 독립을 위해 탄생한 수많은 단체에는 신흥강습소 생도들이 포함돼 있었고, 그들의 활약은 전 재산을 독립운동에 쓴 우당 이회영 선생 일가의 큰 보람이었습니다. 우당 이회영 선생은 후에 농업 생산과 교육을 위한 교민자치단체 경학사耕學社 조직(1911년), (在) 중국 조선무정부주의자연맹 조직(1924년), 항일구국연맹 조직(1931년) 그리고 이회영 선생을 필두로 상하이 북역 사건, 아모이 일본 영사관 폭파 사건, 천진항 일본 군수물자 수송선 폭파 사건, 천진 일본 영사관 폭파 사건 등 잔인한 일본 제국주의의 근간을 흔들기 위한 사명감 속에 계속 실행됩니다.

바로 이회영 선생의 꺼지지 않는 무장독립투쟁이 이어져 이듬해 이봉창과 윤봉길의 폭탄 투척 의거가 실현된 것입니다. 결국, 1932년 11월 선생은 다롄大連 항구에서 일본 경찰에 체포되었다가 65세 노인으로서는 도저히 견딜 수 없는, 몸서리치는 고문을 받고 순국하시게 됩니다.

우당 이회영 선생과 함께 압록강을 건넜던 6형제, 독립운동에 모든 걸 바쳤던 6형제 중 5명은 중국대륙에서 아사(굶어 죽는 것), 병사, 행방불명 되셨습니다. 유일하게 살아남아 조국의 해방을 보고 초대 부통령까지 지내게 되신 분이 바로 성재 이시영 선생이십니다.

사회적으로 높은 위치에 있는 사람들이 현실적인 이해관계를 넘어 조국의 독립이라는 목표를 위해 전 재산을 사회에 환원하는 것은 물론, 본인들 스스로가 독립운동에 나선 것은 어디에서도 찾아보기 힘든 일입니다. 또한 6형제, 온 가족이 독립운동에 참여한 것은 어느 독립운동사에서도 찾아보기 힘든 유례라 할 수 있습니다.

　다른 사람들을 위해 목숨을 희생한 귀족들을 뜻하는 노블레스 오블리주, 우당 이회영 선생과 그 형제들은 대한민국의 역사상 가장 모범적인 노블레스 오블리주를 보여준 사례로 우리가 본받아 실천해야 할 좋은 본보기가 되고 있습니다.

　서른 살의 청년 이회영이 자기 자신에게 이렇게 물었다고 합니다.

　"한 번의 젊은 나이를 어찌할 것인가?"

　"세상에 풍운은 많이 일고, 해와 달은 급하게 사람을 몰아붙이는데 이 한 번의 젊은 나이를 어찌할 것인가? 어느새 벌써 서른 살이 되었구나."라고 하며 독립운동을 위해 이 한 몸 바치

기로 하였다고 합니다.

  우리나라 사회의 저명인사나 소위 상류계층의 병역기피, 뇌물수수 탈세, 부동산 투기 등이 매우 오래된 병폐로 잔존하고 있는 실정입니다. 지금이야말로 우리 사회의 지도층 인사들이 노블레스 오블리주를 몸소 실천한 이회영 선생과 형제들의 행동을 본받아야 할 때라 여겨집니다.

  윗물이 맑아야 아랫물도 맑지 않겠습니까? 우리 속담에도 "양반은 양반다워야 한다."고 했습니다. 우리 사회를 책임지고 이끌어나가고 있는 소위 자칭 높은 분들의 각성을 촉구해봅니다.

평생을 함께할
동반자를 찾아서

　친구 사이의 만남에는 서로의 메아리를 주고받을 수 있어야 합니다. 멀리 떨어져 있으면서도 마음의 그림자처럼 함께할 수 있는 그런 사이가 좋은 친구입니다. 좋은 친구를 사귀려면

　먼저 나 자신이 좋은 친구가 되어야 합니다. 왜냐하면 친구란 내 부름에 대한 응답이기 때문입니다. 이런 시구詩句가 있습니다.

　"사람이 하늘처럼 맑아 보일 때가 있다. 그때 나는 그 사람에게서 하늘 냄새를 맡는다. 사람한테서 하늘 냄새를 맡아 본 적이 있는가요? 스스로 하늘 냄새를 지닌 사람만이 그런 냄새를 맡을 수 있을 겁니다."

　경치 좋은 자연을 보면 친구에게 보여주고 싶고 멋진 공연이나 영화를 보면 같이 보고 싶은 친구. 멀리 떨어져 있어도 영혼의 그림자처럼 함께할 수 있는 친구가 좋은 친구입니다. 좋은 친구는 인생에서 가장 큰 보배입니다.

　탈무드에서는 "설사 친구가 꿀처럼 달더라도 그것을 전부 빨아 먹지 마라."라고 했고, 명심보감에서는 "열매 맺지 않는 과일나무는 심을 필요가 없고 의리 없는 벗은 사귈 필요가 없다."

고 했습니다.

　그라시안은 "속마음을 나눌 수 있는 친구만이 인생의 역경을 헤쳐 나갈 수 있는 힘을 제공한다."고 했으며, J. E. 딩거는 "나의 친구는 세 종류가 있다. 나를 사랑하는 사람, 나를 미워하는 사람, 그리고 나에게 무관심한 사람이다. 나를 사랑하는 사람은 나에게 유순함을 가르치고, 나를 미워하는 사람은 나에게 조심성을 가르쳐 준다. 그리고 나에게 무관심한 사람은 나에게 자립심을 가르쳐 준다."고 했습니다.

　단명短命하는 사람과 장수하는 사람의 차이를 알아보기 위해 미국인 7천 명을 대상으로 9년 동안 추적 조사했습니다. 그 결과 아주 흥미로운 사실을 알게 되었다고 합니다. 흡연과 술, 일하는 스타일, 사회적 직위, 경제적 상황 등 그 여러 가지 요인이 있지만, 오랜 조사 끝에 마침내 밝혀낸 장수하는 사람들의 공통점은 놀랍게도 친구의 수와 연관되어 있었다고 합니다.

　친구의 수가 적을수록 병에 걸리기 쉽고, 일찍 죽는 사람들이 많았다고 하는 사실입니다. 인생의 희로애락을 함께 나누는 사람들이 많고, 그 친구들과 보내는 시간이 많을수록 스트레스가 줄어들어 더 건강한 삶을 유지할 수 있었다는 것입니다.

　그럼 친구란 어떤 사람일까요?

　"친구란 환경이 좋건 나쁘건 늘 함께 있으면 하는 사람입니다. 문제가 생겼을 때 저절로 상담하고 싶은 사람, 좋은 소식을 들으면 제일 먼저 알리고 싶은 사람, 다른 사람에게도 밝히고 싶지 않은 것도 얘기하고 싶은 사람, 마음이 아프고 괴로울 때 의지하고 싶은 사람, 쓰러져 있을 때 곁에서 무릎 꿇어 일으켜 주는 사람, 슬플 때 기대어 울 수 있는 어깨를 가진 사람, 내가 울고 있을 때 그의 얼굴에도 몇 가닥의 눈물이 보이는 사람, 내가 실수했다 하더라도 조금도 언짢은 표정을 짓지 않는 사람, 필요에 따라 언제나 충고해주고 위로해 주는 사람, 나의 무거운 짐을 조금이라도 가볍게 들어주는 사람, 갖고 있는 작은 물건이라도 즐겁게 나누어 쓸 수 있는 사람입니다."

이렇게 좋은 친구들이 많이 있으면 스트레스를 받지 않고 장수할 수 있다고 합니다. '친구란 함께한다.'는 명제는 정말 쉬운 말이지만, 그 안에는 많은 뜻을 포함하고 있습니다. 단순히 함께 어울린다는 것만이 아닌 함께 유대를 맺고 공감하고 소통하는 것입니다. 어울린다는 것은 단순히 먹고 마시는 향락에서만 있는 것이 아닙니다. 무언가 함께하는 것. 다른 말로 하자면 공유할 수 있는 즐길 거리 즉, 취미가 있느냐입니다. 먹고 마시는 것은 좋은 시간은 될 수 있지만 좋은 기억은 될 수 없습니다.

어느 누구도 자신이 언제 누구와 무엇을 먹었는지는 기억하지 못합니다. 반면, 어느 누구라도 자신이 언제 누구와 무엇을 함께하였는지에 대해서는 잊지 못합니다. 그것이 바로 추억이고, 추억은 관계가 함께 공유할 수 있는 기억의 공감을 만들어 관계를 더 튼튼하게 만듭니다. 이게 내가 추구하고 생각하는 좋은 사람과의 좋은 관계를 만드는 방법입니다.

삶을 살아가면서 진실로 친한 친구 세 사람만 있으면 행복하게 살 수 있다고 합니다. 그런 면에서 난 참 행복한 것 같습니다. 그런 친구들이 적어도 다섯 명이 있으니 말입니다.

친구는 찾는 게 아니라 뒤돌아보면 언제나 그 자리에 있는 것입니다. 친구는 자유라는 말에서 유래됐다고 합니다. 쉴 만한 공간과 자유로움을 허락하는 사람이 바로 친구입니다. 오늘이 즐거운 건 우정이라는 뜰에 친구라는 나무가 따가운 세상의 햇살을 막아주기 때문입니다. 천국은 연인끼리 가고, 지옥은 친구랑 가는 것입니다. 세상의 모든 것은 시간이 흐르면 변하지만 한 가지 변하지 않는 것은 친구와의 우정입니다. 내 주변에서 나쁜 친구를 가려내기 전에 나 자신이 과연 남에게 좋은 친구 역할을 하고 있는지 스스로 물어봐야 합니다.

허물을 밖에서 찾을 것이 아니라 나 스스로가 좋은 친구를 만날 수 있는 그런 바탕이 준비되어 있는가 아닌가를 스스로 물어야 합니다.

좋은 친구라는 것은 나를 속속들이 알아서 받아 주고 이해해 주는 그런 마음의 벗입니다. 또 나에게 그때그때 깨우침을 주는 사람, 그가 좋은 벗입니다. 우리가 좋은 친구를 만나지 못하는 데는 몇 가지 허물이 있어서입니다.

그중 하나가 좋은 친구를 바로 가까이 두고도 먼 데서 찾기 때문입니다. 날마다 만나면서도, 그 안에서 좋은 친구를 찾아야 되는데 자꾸 먼 데서 찾으려고 합니다. 너무 일상적인 접촉이 심하다 보니까 그 친구가 지닌 좋은 요소, 좋은 향기를 내가 제대로 받아들이지 못하고 있는 것입니다. 또 하나는 나 자신이 좋은 친구를 맞을 준비가 되어 있지 않아서입니다. 즉, 나 스스로가 좋은 친구 감이 되지 못하기 때문에 그렇습니다.

좋은 친구란 내 모자람을 채워 주는 존재입니다 완전한 사람이 어디 있겠습니까? 다 부족하기 마련입니다. 그것을 친구가 채워 줍니다. 어떤 단점이나 부족한 부분을 상호 간에 보완해 주어야 합니다. 완전한 사람은 이 세상에 없습니다. 내 단점을 장점으로 바꾸어 줄 수 있는 그런 사람이 친구입니다. 좋은 친구는 우리의 생에서 가장 귀중한 자산입니다. 그 무엇과도 비교할 수 없는 소중한 존재입니다. 그런 친구를 가졌다면 인생 자체가 든든해집니다.

똑같은 물도 소가 먹으면 우유가 되고 뱀이 먹으면 독이 됩니다. 인생도 마찬가지입니다. 즐겁게 사는 사람은 즐거울 낙樂이요. 불평하고 사는 사람은 괴로울 고苦로 바뀌는 것입니다. 이 자리를 빌려 지금까지 동고동락해온 모든 친구들에게 감사하고 싶습니다. 그리고 영원히 함께하자는 말을 하고 싶습니다.

바닷물이 마르지 않고, 해가 서쪽에서 뜨지 않듯이 우리들의 마음도 변함없이 한결같은 마음으로 늘 아름다운 추억 만들며 살자고 말하고 싶습니다.

　내가 먼저 전화하고, 다가가고, 안부도 묻고, 좋은 소식을 전하도록 열과 성을 다하며, 멋진 인생을 살아가도록 노력해보겠습니다.

인생 뭐 있어

젊은이들에게
– 우리 인생 매일매일이 청춘이다!

젊은이여! 우리의 젊은이여!

세상이 아무리 힘들더라도, 그리고 나를 알아주지 않아도 결코 좌절하거나 낙심하지 마라. 그대들이 최선을 다한 발자취 위에 쌓인 황금이 없다 한들, 열심히 살아온 그대의 인생에 무슨 부끄러움이 있겠는가? 그대들이 성실로 이어진 노정 위엔 내일의 기쁨이 피로만큼 주어지는 게 하늘의 뜻이라는 것을 믿고 완벽에 못 미친다 하여 통탄하지 마라. 우리가 생각하는 대자연도 미지수는 있는 것이다. 전지전능하다는 신의 모습을 사진으로 담은 자는 이 세상에 단 한 사람도 없다.

젊은이들이여!

인생은 그렇게 살아가는 것이다. 신기루를 쫓다가 허탈하게 쓰러지는 사막의 여행자처럼 잡힐 듯 멀어지는 궁극의 목적을 따라 부지런히 뛰면서 늘 속아 버리는 게 인생의 행로인 것이다.

그러나 젊은이들이여!

그대들에게는 아직도 속을, 많은 기회가 있음을 기억하기 바란다. 그것은 얼마나 아름다운 그대들만의 특권인가? 속기 위해서 또다시 시작하는 것이 삶이니라. 그러니 지체 말고 시작하라.

분주했던 여백에, 인생은 결코 후회의 낙서를 않느니라.

사랑하는 젊은이들이여!
최소한 젊은 날만은 그대들의 고집대로, 생각대로, 마음이 가는 대로 살아가기 바란다. 그대들의 행동이 사회에서 지탄 받을 그런 종류의 것이 아니라면, 그대들의 생각을 관철시키기 위해 이를 악물고 뛰어야 할 필요가 있다. 물론 힘들고, 피로하고, 포기하고 싶고, 그 순간순간이 고달프리라는 것을 알고 있다. 하지만 어차피 인생의 묘미는 거기에 있는 것이다.
등산가가 정상을 향해 험난한 절벽을 기어오르고 탐험가가 목적지를 향해 거센 파도와 싸우며 항해하듯 그대들은 끊임없이 도전해야 한다. 용감하고 성실하게 싸우면서 삶을 영위해 나가야 한다. 이미 평정된 토지 위에 씨를 뿌리는 편안함을 추구하기보다 직접 간척하고 개척한 땅에 그대들의 씨앗을 뿌리고 가꾸면서 살아가는 삶이 전정으로 아름다운 것이다.
초토 위에서 새싹을 틔워 또다시 전천후 낙원을 이룩할 수 있는 강력한 힘이 그대들에게 존재한다는 것을 굳게 믿어라. 우리네 인생이 존재하는 것이 아니라, 생활해야 한다는 것이 삶의 본질이다. 행복의 기준을 육체의 평안과 물질의 만족 속에서만 찾아서는 결코 안 될 것이다.

우리가 바라는 행복의 기준이 행복이라는 화려한 유혹의 단어가 아니다. 나 이외의 우주를 의식할 때 행복의 기준은 더욱

뚜렷해지는 것이다. 행불행幸不幸이 항상 마음속에 있다는 것을 상기하면서 젊음을 요원의 불꽃으로 활활 태우기 바란다. 그리고 한 가지 뜻을 품고 그 길을 고집스럽게 가기 바란다.

가다 보면 잘못도 있고, 실수도 있을 것이다. 그러나 일어나 앞으로 앞으로 전진에 전진을 하라. 실패는 성공의 어머니라 했다. 실패를 두려워하는 자 그 누구도 성공하지 못했다. 그대들은 밑져야 본전이라는 생각으로 도전하라. 도전하지 않으면 얻는 것은 아무것도 없다.

십리 길도 한 걸음부터 시작하는 것이다. 우리가 산다는 것은 고생하는 것이며, 도전하는 것이다. 어차피 인생은 고장 난 장난감과 같은 것이다. 그러니 고쳐 쓰고, 새로운 장난감을 만들도록 노력하라.

젊은이여! 우리의 젊은이여!
그대들의 어깨에 우리의 미래가 달려있다.

인생에 우연이란
존재하지 않습니다

　세상에 우연히 벌어지는 일은 없습니다. 재수가 없어서 사고가 난다든지, 다치는 경우도 없습니다. 그럼에도 불구하고 대부분의 사람들은 운명이라고 생각하며 받아들입니다. 살아가면서 '왜 나한테 이런 일이 벌어지는 것일까?'하고 고민을 한 경험이 많을 것입니다.

　이 세상 모든 일은 일어날 만한 이유가 있습니다. 자동차를 몰고 가다 사고가 날 수도 있고, 길을 걷다가 돌부리에 걸려 넘어질 수도 있고, 어설프게 한마디 했다가 싸움을 하는 경우도 있습니다.

　그럴 때 하는 말이 "에이 재수 없어." "오늘 일진 되게 더럽네!" 하며 기분 상해하는 경우가 많습니다. 이와는 반대로 생각지도 않은 친구가 찾아와 밥을 사주거나 술을 사주기도 하고, 친구 결혼식에 갔다가 마음에 드는 사람이 있어 필이 꽂히는 바람에 평생을 함께 할 배필을 만나기도 하고, 쓸모없어 잡초만 무성하던 땅이 효자 노릇을 하는 경우도 많습니다.

　이럴 때 "야 참 운 좋고, 재수 있네!"라는 말을 하게 됩니다. 그런데 궂은일이든 좋은 일이든 가만히 내면을 살펴보면 다 그만한 이유가 있습니다. 자신이 이해를 못 하고 있을 뿐입니다.

그런 일이 일어날 만한 인연이 있고, 조건이 있기 때문입니다.

만약, 자신이 아주 억울한 일을 당해서 너무 괴롭다면, 자신이 과거에 그만큼 억울한 일을 다른 사람에게 했기 때문에 그에 대한 대가를 받는 것입니다.

모든 일에는 원인이 있고, 그 원인으로 인해 반드시 결과가 따르게 되어있습니다. 그렇기 때문에 모든 사람과 모든 것은 연관이 되어 있는 것입니다. 이를 잘 생각해 본다면, 우리는 매 순간마다 깨어있어야 하고 정신 차려야 하고, 베풀면서 좋은 일만 하며 살아가야 합니다. 그렇지 않고 삶을 살아간다면, 자신이 생각하고, 말하고, 행동한 그것이 원인이 되어 그만큼의 결과를 자신스스로 받게 된다는 사실을 알아야 합니다.

이것을 삶 전체로 해석해보면, 전생에 살아온 결과로 현생의 삶을 살아가고 있는 것이고, 또 이생의 한평생의 결과로 내생의 삶이 결정되는 것입니다. 말 그대로 철두철미하게 인과응보인 것입니다.

사회에서 잘살게 되면 칭찬과 존경을 받으며 부귀영화를 누릴 수 있고, 죄를 지으며 잘못 살면 법의 심판을 받고, 교도소에 갈 수도 있습니다. 그러나 이생에서 죽게 되면, 아무도 모르는 일들도 모두 하나도 남김없이 세상에 드러나게 되고, 이생에서 자신이 살았던 만큼의 대가로 다음 생을 받게 됩니다. 이것이 불교에서 말하는 인과응보인 것입니다.

인간은 운명에 몸을 맡길 수는 있어도 그것에 관여할 수는 없습니다. 또한 인간은 운명이라는 실을 감을 수는 있어도 그것을 자를 수는 없습니다. 삽질을 한 만큼 웅덩이는 깊어지고 깊어진 만큼 물이 많이 고이기 마련입니다. 노력 없는 성공이 있을 수 없듯, 희생 없는 발전이 있을 수 없습니다.

한 알의 밀알이 땅에 떨어져 죽으면 많은 열매를 맺게 되지만, 씨가 땅속에 묻히지 않으면 씨는 씨 그대로인 것입니다. 씨가 땅속에 묻혀야 꽃이 피고 열매를 맺듯이 우리네 인생 또한 똑같은 이치입니다.

나 자신의 희생과 봉사정신이 없다면 가정과 직장과 사회로부터 외면당하게 되지만, 남을 위해 희생하고 공동체를 위해 헌신하고 사회와 국가를 위해 봉사할 때만이 행복한 가정, 아름답고 건강한 사회가 건설될 수 있습니다.

개미와 비둘기 이야기를 통해 인과응보의 의미를 되새겨 봅니다.

어느 날 갑자기 내린 비로 개울에 물이 불어나 개울 옆에서 놀고 있던 개미가 그만 개울물에 떠내려가고 있었습니다.

마침 그곳을 날아가다 그 광경을 본 비둘기가 개미를 불쌍히 여겨 나뭇잎을 물 위에 띄워 주었고, 덕분에 개미는 그 나뭇잎에 올라가서 잠시 머물게 되었습니다. 그런데 어느 날 비둘기가 나무 위에 앉아서 꾸벅꾸벅 졸고 있는 것을 본 한 사냥꾼이 풀숲에 숨어서 비둘기를 잡기 위해 엽총으로 비둘기를 겨냥하였습니다.

이것을 본 개미는 얼른 사냥꾼의 발등을 있는 힘을 다해 깨물었습니다. 사냥꾼은 개미가 발등을 어찌나 꼭 물었던지 그만 깜짝 놀라서 소리를 지르게 되었고, 그 소리에 놀라 비둘기는 잠에서 깨어나 살아날 수가 있었습니다.

우리는 아무것도 도와주지 못할 정도로 아무것도 아닌 사람은 없습니다. 반대로 누구의 도움도 필요하지 않을 정도로 완벽한 사람도 세상에는 없습니다.

사람은 서로 도우며 살아가도록 되어있습니다. 그래서 인간 관계가 중요한 것입니다. 찰리 채플린은 말했습니다.

"인생은 가까이서 보면 비극이지만 멀리서 보면 희극이다."

원인과 결과에 대한 소고

알알이 영글어 가는 가을의 결실은
봄과 여름을 지혜롭게 보낸 농부들의 발걸음과
조물주의 은총의 결과이며,

저녁 밤
잠자리에서 단꿈을 꿀 수 있음은
오늘을 보낸 나의 보람과 희생 봉사의 소산입니다.

인생 황혼의 불빛은
젊은 날의 발자취의 크기이며
꿈을 실현하고자 하는 의지의 산고입니다.

미국의 토네이도는
내 곁에서 산들산들 재롱떨며 날갯짓하는
나비의 작은 몸짓의 여운입니다.

새벽 산행 길에 한 마리 새가 되는 기분이 들 때는
지난밤의 적절한 수면과 행운이 가져다주는 꿈의 메아리며

천근만근 무거워 한 발짝도 움직이기가 힘들 때는
간밤의 고래고래 마셔대는 과음의 후유증이며

똥 끗발의 매끄러움은 어제 먹었던 음식의
탁월한 선택의 황금알입니다.

복잡한 인생길 콧노래 부르며
꽃향기가 그립거든

하루하루를 진실 되게 살아야 함에 있으며
어떠한 뉴스거리에도 빙그레 웃을 수 있음은

결과를 생각하면서 행동하는
나의 작은 몸짓들의 현명한 그림자입니다.

각설이 타령에서
배우는 인생

우리는 각설이 하면 문전걸식하는 거지 또는 장돌뱅이를 떠올립니다. 그러나 각설이의 깊은 뜻을 살펴보면 매우 심오한 철학이 담겨져 있음을 알 수가 있습니다. 각설이覺說理라는 뜻은 우주의 이치를 깨달아 말로 전한다는 뜻입니다.

"어허~시구 시구 들어간다於虛 矢口矢口."는 말은 어허는 텅 비었다는 뜻이고, 시구는 알 지知 자이니 앎의 세계로 들어간다는 뜻으로 바로 욕심이 없는 텅 빈 마음의 세계에 들어간다는 의미인 것입니다.

또 "절~시구시구 들어간다切~矢口矢口."고 했으니 끊어질 절切로 세속의 애착, 탐착이나, 모든 욕심을 다 끊어버리고, 앎의 세계로 들어간다는 뜻입니다. 그 가운데 "작년에 왔던 각설이가 죽지도 않고 또 왔네." 이것은 우주나, 우리 마음의 세계는 죽고, 낳음이 없는 영원한 세계라는 것을 의미합니다.

봄이 오면 여름, 가을, 겨울이 와서 죽은 줄로만 알았던 만물이 또 봄과 함께 다시 오듯이, 낳고, 늙고, 병들고, 죽는 우리네 인생도 자신이 입과 몸과 마음으로 행했던 업에 따라 또다시 태어나는 영원의 진리를 뜻하고 있습니다.

생각해 보세요.

작년에 왔던 그 꽃들이 올해도 수없이 피면서 진리의 소식을 전하는데 우리는 모르고 건성건성 지나쳐 버리기 십상입니다. 그러니 아는 사람이 보면 얼마나 갑갑하겠습니까? 한 걸음 더 들어가서 보면 온 천지, 온 우주가 온통 진리의 기운으로 움직인다는 것을 알 수 있습니다. 그러니 우리 어리석은 사람은 눈앞의 진리의 세계를 못 보고 해가 바뀌면 잊어버리고, 날이 바뀌면 잊어버리니 아는 견지에서 보면 그 얼마나 안타깝고 갑갑하겠습니까? 그래서 그것을 노랫가락으로 전한 것에서 각설이가 유래되었습니다.

"작년에 왔던 각설이覺說理 죽지도 않고 또 왔네."

문자대로 본다면 각설이는 깨달음을 설파하는 전도사이며, 선각자, 철인, 선지자, 예언가입니다. 왜 각설이는 죽지도 않고 또 온 것일까? 진리정신은 불멸이기 때문입니다. 천지우주와 영원히 죽지 않는 정신, 그것이 진리이기 때문입니다. 진리는 거짓이 없고, 참이며, 선이요, 아름다움입니다.

옛사람들은 동서고금 할 것 없이 불멸의 정신 영원히 죽지 않는 불사조의 정신을 꿈꾸어 왔습니다. 또한 이생에서 태어난 의미와 천지로부터 온 명命을 깨달아 사는 것을 인간 최고의 덕

목으로 여겼습니다. 그런데 그것을 아는 것이 쉬운 일이었겠습니까? 우주의 1년을 통해서만이 우주의 목적성과 천지로부터 인간이 살아가는 본질적 이유를 알 수 있습니다.

천지는 인간이 살아가는 유일한 무대이기 때문입니다. 천지무대는 변화질서가 시간으로 드러나며, 인간영혼의 열매는 생명의 법칙, 즉 우주 1년이라는 세월을 통해 맺게 됩니다.

각설이 타령에서 "얼시구 절시구"에 대한 해석은 여러 가지가 있지만 '때를 알아라.'는 진리선포가 강력히 내포되어 있습니다. "얼시구乙矢口"에서 이때 乙은 동양에선 봉황새를 상징합니다. "절시구節矢口"는 절을 알아라, 때를 알아라. 위에서는 "절~시구 切~矢口" 세상 애욕 탐욕을 다 끊고 진리를 알아라知! 그래서 진리를 깨치는 것은 때를 아는 것으로부터 시작됩니다. 농부가 농사를 지을 때도 씨 뿌리는 때와 거둬들이는 때가 있듯이 서양에서는 피닉스, 동양에서는 봉황새가 영원히 죽지 않고 불로 뛰어들어서 재가 되어 다시 부활하는 진리의 새입니다.

우주원리론 화생토火生土는 분열의 극단에서 통일로 전환케 하는 진리의 정신이 바로 불사조인 것입니다. 그러한 깨달음을 주는 각설이覺說理는 지금도 어디선가 민족과 인류를 위해 세상에서 진리를 설파하고 있을 것입니다.

당파 싸움만 하는 정치판이 싫어 노래를 통해 세상의 이치를 전하고자 거적을 둘러쓰고 장돌뱅이로 변신하여 전국을 돌아

다니며 민중계몽 운동을 펼친 '각설이覺說理' 우리 민족의 훌륭한 문화유산이 아니고 무엇이겠습니까?

각설이는 지금도 각종 축제행사에 등장해 국민과 함께 해학을 통해 삶의 이치를 설파하고 있습니다. 우리는 우리의 원형原型을 잃어버렸습니다. 우리의 고향, 우리의 뿌리를 망각한 떠돌이 신세가 되고 만 것입니다.

우리의 정치판 현실을 보면 참으로 안타깝기만 합니다. 여의도 국회의사당 앞에 전국에 있는 각설이들을 모두 모아 '각설이覺說理'의 참뜻을 일깨어주는 행사를 연례적으로 열었으면 좋겠습니다. 그리고 국회의원 전원 모두에게 거적을 입혀 '각설이覺說理'를 체험토록 함으로써 각설이타령의 참뜻을 알게 함이 마땅하다고 생각하며 이를 제안해봅니다.

웃으면서
사는 거지, 뭐!

어~ 허~~허~~, 오~ 호~~호~~, 아~ 하~~하~~
이~ 히~~히~~, 껄~껄~~껄~~, 웃자, 웃자, 웃어버리자
세상만사 마음먹기 달린 것 웃으면서 살자

일소 일소요 일로 일로라 한 번 웃으면 젊어지고
한 번 화내면 늙어지는 것
이왕 사는 것 웃다 보면 좋은 일이 생기겠지 하고 웃자

매사에 모든 순간마다 웃으면서 살겠다고 마음먹으니
얼굴에 미소가 떠나질 않고, 샘물처럼 웃음이 솟아나네요.

늘 기쁘고 좋은 것만 생각하게 되고,
잘될 것이라는 느낌을 항상 갖게 됩니다.

가장 기쁠 때의 이미지를 머릿속에 간직하고
웃는 모습을 생각하며 늘 웃고 있습니다.

그렇게 웃고 있는 순간은 천국에 있는 기분입니다.

행복하다고 소리치고 싶어집니다.

웃음은 머리에서 나오는 것이 아니라, 마음에서부터 나옵니다.
이런저런 일상들 느낌대로 받아들이시고 즐기고 웃으면서
재미지고 신바람 나게 삽시다.

행복하기 때문에 웃는 것이 아니라,
웃기 때문에 행복한 것입니다.
거울이 웃는 게 아니라, 내가 웃으니 거울이 웃는 겁니다.
행복해서 노래 부르는 게 아니라,
노래를 부르니까 행복해지는 것입니다.

이 세상도 이 우주도 우리의 운명도 먼저 웃지 않습니다.

내가 먼저 웃을 때에 이 세상도 웃어줍니다.
내가 먼저 웃을 때에 이 우주도 웃어줍니다.
내가 먼저 웃을 때에 우리의 운명도 웃어줍니다.

세상이 주체가 아니라 내가 주체이기 때문입니다.
우주가 주체가 아니라 내가 주체이기 때문입니다.
운명이 주체가 아니라 내가 주체이기 때문입니다.

웃으면서 살아요, 우리 서로 웃으면서 살아요.

길어야 한 백 년 사는 우리 인생인데

서로 웃으면서 살다 보면 좋은 일이 많게 돼 있고
티격태격 소리 높여 싸우다 보면
안 되는 일 생기는 게 우리 인생사

우리 서로 한마음 되어 웃으면서 삽시다.
어차피 이래도 한 세상 저래도 한 세상 웃으면서 즐겁게 삽
시다.

웃음 예찬

카네기는 『웃음 예찬』에서 웃음을 이렇게 말하고 있습니다.

"웃음을 위해 소비해야 할 것은 없지만, 그로 인해 얻는 것은 많습니다. 웃음을 주는 사람에게는 해가 될 것이 없고, 받는 사람은 얻는 것이 많습니다. 웃음은 짧은 시간이지만 때로는 그 기억이 평생을 갑니다. 웃음이 없다면 진짜 부자가 아니며, 웃음을 가지고 있다면 가난한 사람이 아닙니다.

웃음은 가정에 행복을 더하며, 사업에 활력을 불어넣어 주며 사람과의 관계를 더욱 가깝게 해줍니다. 또한 피곤한 자에게 휴식이 되며, 실망한 자에게는 소망이 되고 우는 자에게는 위로가 됩니다. 모든 독을 제거하는 해독제가 바로 웃음입니다. 하지만 기억하십시오. 웃음은 돈으로 살 수도 없고, 누구에게 빌릴 수도 없으며, 남의 것을 도둑질할 수도 없는 것입니다."

사실 지금까지 50 평생 살아오면서 가장 행복하고 즐거웠던 때는 꿈을 꾸고 있을 때나 사랑할 때, 친구들과 또는 지인들과 재미있는 유머를 이야기할 때였던 것 같습니다. 사람의 생김새나 행동만으로 웃음을 자아내는 사람은 그리 많지가 않습니다.

내면의 미소, 부단한 노력으로 무장한 웃음이 항상 생활화되어 있을 때 유머 감각을 갖게 되며, 유머와 관련된 소재를 부지런히 찾아서 서투른 솜씨로라도 자주 하다 보면 유머에 대한

효용성이나 필요성을 갖게 되는 것입니다. 유머는 감성역량의 핵심이요, 성공의 지름길입니다.

이제는 감성시대입니다.

리더들이 배워야 할 것은 관리하고 평가하며 분석하는 좌뇌적인 시스템이나 매뉴얼만이 아닙니다. 감성시대에는 우뇌 영역인 감성역량이 필수입니다. 다니엘 핑크는 그의 저서 『새로운 미래가 온다』에서 유머의 힘을 다음과 같이 말하고 있습니다.

"유머는 우뇌의 가장 강력한 특질입니다. 상황을 앞뒤 정황과 연결하는 능력, 큰 그림을 보는 능력, 서로 다른 견해들을 결합해 정렬하는 능력을 아우릅니다. 따라서 업무를 수행할 때 유머의 이러한 측면은 더욱더 가치를 갖습니다."

훌륭한 일터를 만들고 싶은가요? 리더로서 존경받고 싶은가요? 업무성과를 높이고 싶은가요?

그러려면 유머를 배워야 합니다. 유머는 절대적인 우군이 되어 강력한 리더십을 만들어 줄 것입니다.

유머적인 리더들은 대개 긍정적인 삶을 산다는 공통점이 있습니다. 그러니 유머는 긍정의 산물이라 할 수 있습니다. 반대로 부정적인 사람들은 유머감각이 없을 뿐 아니라 타인의 유머에 반응하지도 못합니다. 그러니 그들에게서 웃음을 기대하기도 어렵습니다.

빌 코스비는 "어떤 상황에서도 유머를 찾을 수 있다면 당신은 어디서든지 살아남을 수 있다."고 말했습니다. 그의 말을 증명이라도 하듯 링컨은 정말 그렇게 살았던 대표적인 인물입니다. 링컨을 통해 유머의 뿌리는 긍정적인 심리에 있다는 것을 다시 한 번 확인할 수 있습니다.

유머는 외워서 되는 것도 아니고 배워서 되는 것도 아닙니다. 한 가지 비결이 있다면 링컨과 같은 긍정적인 마음의 창으로 세상을 바라보는 것입니다. 그럼 링컨의 재치 있는 유머를 살펴보도록 하겠습니다.

링컨 대통령이 어느 날 반대당 의원으로부터 인신공격을 당했습니다.

"당신은 겉과 속이 다른 이중인격을 가진 자입니다."

그 말을 들은 링컨은 대수롭지 않다는 듯이 이렇게 말했습니다.

"그래요? 내가 정말 두 얼굴을 가진 사람이라면, 왜 하필 이렇게 못생긴 얼굴을 달고 다니겠소?"

공격한 사람이 오히려 수세에 몰리는 일격이 아닐 수 없습니다. 유머가 좋은 점은 상황을 역전시킬 수 있다는 점입니다. 게다가 주변 사람들에게 웃음을 주면서 호감을 얻을 수 있고 상대의 기를 꺾을 수 있는 힘이 있다는 것입니다.

링컨이 짬을 내어 자신의 구두를 손수 닦고 있었습니다. 이

광경을 본 어느 장관이 말했습니다.

"각하께서 직접 구두를 닦습니까?"

"그럼, 내가 내 구두 닦지 남의 구두 닦아주나?"

똑같은 상황에서도 그의 말 한마디는 위트 감각이 묻어나는 여유와 마음 깊은 곳에서 우러나는 깊이가 있습니다.

어느 날 링컨이 길을 걷는데, 한 남자가 그의 얼굴에 총을 들이대며 소리쳤습니다.

링컨이 물었습니다.

"무슨 일이요?"

그러자 그 남자는 총을 갖다 댄 이유를 설명합니다.

"나는 나보다 못생긴 사람을 쏘겠다고 맹세했소!"

그러자 링컨이 웃으면서 말했다.

"그게 사실이라면 당장 쏘시오. 내가 당신보다 못생긴 게 사실이라면 나도 살고 싶지 않으니까."

유머는 단순한 말잔치가 아닙니다. 메시지가 들어 있어야 하며 분명한 의도를 담고 있어야 합니다. 이 상황에서 "쏘지 마시오. 살려 주시오!"라고 말하는 것보다 이 얼마나 배짱이 있고 재치가 묻어나는 유머입니까?

게다가 은연중에 상대가 더 못생겼다는 뉘앙스를 풍기고 있으니 일격이 아닐 수 없습니다.

링컨이 하원의원으로 출마했을 때였습니다. 합동 유세에서 그의 라이벌 후보는 링컨이 신앙심이 별로 없는 사람이라고 비난하고 나섰습니다.

그리고 청중을 향해 이렇게 외쳤습니다.

"여러분 중에 천당에 가고 싶은 분들은 손을 들어 보세요."

그 자리에 참석한 청중들 모두가 손을 들었습니다. 그러나 링컨만은 손을 들지 않고 있었습니다. 그러자 그는 링컨을 향해 소리쳤습니다.

"링컨, 그러면 당신은 지옥으로 가고 싶다는 말이오?"

이 말을 들은 링컨은 웃으며 군중을 향해 외쳤습니다.

"천만의 말씀입니다. 나는 지금 천당도 지옥도 가고 싶지 않소. 나는 지금 국회의사당으로 가고 싶소."

군중은 링컨에게 박수를 보냈고 링컨은 유머 한마디로 상황을 반전시켰습니다. 이처럼 링컨의 유머화법은 정곡을 찌르면서 웃음을 유도하고 긴장된 상황을 반전시키는 힘이 있었습니다. 미국인뿐 아니라 세계인이 링컨을 존경하는 이유는 단지 그가 노예해방과 같은 큰 업적을 이루어서만은 아닐 것입니다. 어려움을 극복하고 긍정적인 리더십으로 늘 유머와 웃음을 달고 다닌 그의 인간적인 면면이 더 오래 기억되고 있기 때문이 아닐까 생각해 봅니다.

유머와 재치가 있고 쉬운 말을 통해 청중과 소통하며 공감대를 형성함으로써 최악의 조건 속에서 훌륭한 미국의 대통령이 된 링컨은 유머 있고 재치가 있으며, 정곡을 찌르는 비수를 가지고 있었습니다. 이와 같이 유머와 재치 있게 말하는 것이 매우 중요합니다. 난 안 된다는 생각을 버리고 나도 할 수 있다는 자신감을 가지고 도전해 보십시오. 하루에 한가지씩만 가족이나 친구, 동료들에게 유머 있고 재치 있는 말을 하는 습관을 가져 보십시오. 그러면 나도 모르게 인상이 바뀌게 되고 상대방으로 하여금 품격 있게 보일 것입니다.

시작이 반입니다. 지금부터 시작하십시오.

천연특효약, 미소

학사/석사/박사보다 높은 학위는
밥사/술사/감사고요
노자/장자/순자/맹자/공자의 스승은
'웃자'입니다.

우리 몸에는 완벽한 약국이 하나가 있습니다.
그 약국에서 제조하는 약을 먹으면 완벽하게 치유가 됩니다.
최고의 스승인 웃자 스승과
최고의 학위를 가지신 감사 박사님이 제조한 약입니다.

먹는 방법은
대부분 약은 하루에 두세 번 드시는데
이 약은 시도 때도 없이, 장소불문, 남녀노소
지위고하를 막론하고

틈나는 대로, 사랑할 때, 여행할 때, 대폿잔을 기울일 때
유효기간도 없고, 부패할 걱정이
전혀 없는 천연 무공해 특효약입니다.

부지런히 드시는 것이 최고입니다.
무슨 약일까요?
'미소'입니다.

박형수가 직접 제조한 약이니 믿고 부지런히 드시고
99 88 2 3 4 하십시오.

인생 뭐 있어

건강이
최고!

세상에서 가장 중요한 것이 뭐라고 생각하십니까?

좋은 집안에 태어나 하고 싶은 것 마음대로 하고 남부럽지 않게 사는 것. 조금은 아쉽지만 가정이 화목하고 건강하게 사는 것. 가난하지만 꿈을 꾸고 그것을 실현하기 위해 최선을 다하는 것. 다 중요하지만 살면서 가장 중요한 것은 '건강'이라고 생각합니다. 그런데 그 중요한 건강을 우리는 너무나 등한시하고 있습니다. 일상 속에서 스마트폰을 할 때는 그 많은 시간을 투자하면서도 정작 자신의 건강을 위해서는 단 10분도 할애하지 않고 사는 분들이 너무나도 많습니다.

현재의 내 몸은 나 혼자만의 몸이 아니라는 것을 너무나 망각하고 살고 있습니다. 그러다 보니 자신의 건강관리를 소홀히 하고, 현재 내가 어떤 위치에 있고, 그 중심에서 나의 역할이 어떠해야 하는지를 망각하고 살고 있는 것입니다.

한번 병원에 입원해 있는 환자들에게 건강을 잃고 난 후에 심정을 물어본 적이 있습니다. 대부분의 환자들이 이렇게 말합니다. 지금까지 살아온 세월 동안 너무도 내 자신을 방치한 채로 살아왔고 나 혼자만의 몸이 아니라는 것을 모르고 살아왔다고 후회를 합니다. 딸린 식구의 중심에 서 있는 사람이 무너지면 다른 사람도 속절없이 함께 무너집니다. 그래서 건강하게 살아야 합니다.

세계보건기구에서는 진정한 건강에 대해 이렇게 정의하고 있습니다.

첫째가 신체건강이요, 둘째는 정신건강입니다. 그런데 세 번째가 뭘까요? 다름 아닌 환경입니다. 우리 상식으로는 뭔가 약간 의아해 할 수도 있지요. 건강에 무슨 환경이 들어갈까 하고요. 그렇지만 저는 '아! 바로 이거구나.' 하고 손뼉을 친 적이 있습니다.

'맞다 이거야! 나를 둘러싼 주변 환경이 건강해야 진정으로 건강할 수 있다는 것을!'

한번 생각해 보십시오. 가정, 부모, 형제, 이웃사촌, 친구, 직장동료 등 주변 환경이 건강한 사람은 늘 활기차고 여유 있고 더욱더 건강해 보이는 사람과 그렇지 않은 사람을 비교해보십시오. 즉, 다시 말해서 주변 환경이 건강하지 않은 사람은 늘 짜증을 잘 내며 무슨, 무슨 송사에 얽히고 관계가 복잡하고 그래서 늘 피곤해 보이고 그렇지 않은 사람은 늘 우울해 보입니다.

1의 비밀

'1'의 비밀을 꼭 명심하고 살아가시길 소망합니다.

우리들이 현재 재산이 1억 원이 있다고 가정해보십시오.
그 돈은 노력하고 신뢰를 쌓고 관리를 잘하면

1+0000000000000000으로 늘어납니다.
1억에서 10억, 100억… 1,000억으로!

'0'이 아무리 많아도 '1'이 없으면 '0'이 되어버립니다.
그렇게 중요한 '1'의 비밀이 뭔지 말씀드리겠습니다.

정말 혼자만 지금까지 알고 살아오다
지금쯤은 혼자만 알고 살아가기는 너무나 아까워

저의 비밀을 존경하는 여러분께 말씀드립니다.
1의 비밀.
'1'이란 바로 '건강'입니다.

돈이 아무리 늘어나고 지위가 높아간들
건강을 잃어버리면 아무 소용이 없습니다.
명심하시고 저랑 알콩달콩 잘 지내시죠.

봄비 내리는 청계산을 오늘도 새벽 4시에 다녀왔습니다.
건강은 말로 하는 것이 아니고 실천하는 것입니다.

세상 이치가 다 그렇습니다.
이론보다는 실천이 중요합니다.

아침형 인간

등불 없인 앞을 가늠하기 힘든 새벽 4시.
청계산 매봉 정상에서 연세 지긋한 분이
언제나 맨손체조를 하고 계십니다.

안면은 전혀 없지만 인사를 합니다.
행복한 하루 되십시오!
그러면서도 늘 궁금했습니다.

하시는 일이 뭘까?
이 꼭두새벽에 왜 등산을 하실까?
무슨 사연이 있을까?

비가 오나 눈이 오나
언제나 그 시간이면 오르시는 분!
존경스럽기도 하고
분명 배울 점이 많을 것 같아
언제 대폿잔 기울이며
인생의 깊이를 의논하고 싶었습니다.

우연히 길을 가다 만났습니다.
너무나도 반가워 식사나 하자고 제안했습니다.

이런저런 이야기를 나누면서 시간 가는 줄도 모르고
12시간 이상 많은 대화를 나누었습니다.

저와 너무나도 똑같은 생각을 가지고 계셔서 놀랐습니다.
첫 번째가 바로 "모든 삶이 감사"였습니다.
그리고 매사가 "긍정의 힘"을 믿고 사시는 것이었으며
하루를 너무나 활기차게 사시는 것입니다.

너무나 사는 게 즐겁답니다.
잠도 너무나 잘 주무신답니다.
저도 늘 느끼고 살아가지만 아침형 인간의 공통점이
"감사와 긍정"의 "힘"을 알고 살아가는 것이며
너무나도 좋은 습관이라고 생각합니다.

환경에 대처하는 우리의 자세

청순하고, 해맑고, 생동감 있게 만물은 소생하는데…
자라면서 환경에 따라 왜 이리도 달라질까요?

뽀송뽀송 싹트는 생명의 신비를 보면서
희망의 불씨를 가슴에 심어주는 나무!

가시가 주렁주렁한 나무!
천리향을 선물하는 나무!
나그네에게 시심矢心을 선물하는 나무!

그늘을 만들어 쉬어가도록
자리를 제공하는 나무와 아름다운 꽃들!

복사꽃 뒤의 복숭아를 생각하니
한 알의 밀알의 의미를 이제야
무르팍 치며 통곡해봅니다.

나로 인하여 세상이 아름다웠으면 좋겠으며,
오늘도 그 길을 찾아 흐르는 세월 속에 노을 져 갑니다.

같이 함께 산들바람 맞으며 저어봄이
그리움으로, 미소로, 보고픔으로….

이즈음 대자연을 감상하면서
사색에 빠져 봅니다.

암술과 수술의 조화와 멀리까지 날리는 향기는
바람 타고 나의 콧잔등을 건드리고

산들바람에 흩날리는 자태는
어떤 아름다움에 견주겠습니까?

그렇지만 자세히 보십시오.
아름다움만 있는 게 아닙니다.

가시가 있고, 먼지가 있고
똥파리, 하루살이, 모기, 날파리 등이 괴롭힙니다.

인간 삶뿐만 아니라 동물의 세계 등 생태계를 이루는
모든 환경이 다 그렇게 역학 구도를 이루고 있다는 것을 인식하고

그러한 주변 환경들을 잘 살피고 아름다움으로, 향기로
잘 관리하면 자연히 아름다워집니다.

수양버들은 언제나 한적하게 흔들흔들 유유자적하게
지내고 싶지만, 어느 때 갑자기 태풍이 불어와
나를 주체할 수 없을 정도로 힘들게 하고

벌레들이 나를 좀먹고 아프게 하고
흙먼지 날아와 앞을 못 보게 하고
그게 나를 둘러싸고 있는 주변 환경입니다.

이런 속성들을 잘 다스리고
보살피고 대비하고 살아가야 합니다.

주변 상황에 따라 탄력적으로 반응하고 행동하되
흔들림 없는 주관이 있어야 합니다.

주변의 어떠한 서두름, 자존심 상한 말이나 행동을 들어도
참고 흔들리지 말고 내면의 미소를 잃지 말아야 합니다.

인생 **뭐 있어**

스트레스

만병의 근원은 스트레스입니다. 바쁜 일상을 살아가면서 모든 사람들이 공통적으로 하는 말이 스트레스 받아 못 살겠다고 합니다. 왜일까요? 허구한 날 스트레스만 받고 살아가는 게 인생인가 봅니다. 그러면 스트레스란 무엇인가요?

스트레스라는 말은 "비뚤어지다"라는 물리학 용어에서 시작되었습니다. 물체 내부에 미치는 상호 간의 압력, 즉 물리적 긴장 상태를 의미합니다. 내면으로부터 저항의 형태로 적용하고, 이 두 가지 대치되는 힘이 균형을 잃게 되면 우리의 내면은 당연히 비뚤어지게 됩니다.

즉 억눌린 듯한 느낌, 초조하고 불안한 느낌 등이 바로 그것입니다. 왜 스트레스를 받는 것일까요? 스트레스의 근원은 마음이라 여겨집니다. 마음이 괴롭고 육체가 힘들고 나약해지면 만사가 귀찮아지기 마련입니다. 이럴 때 대부분의 사람들은 인생 살기가 싫다며 스트레스 받아 못 살겠다고 합니다. 그런데 스트레스를 왜 받는지, 원인을 가만히 진단해보면 모든 것이 나의 마음과 연결되어 있음을 알게 됩니다.

그럼 진단을 했으니 처방도 있을 법하지 않은가요?
이에 대해 저는 이렇게 처방을 내리고 싶습니다.

저는 지리산 자락 골짜기에서 가난한 농부의 아들로 태어났습니다. 다섯 살 때 아버지가 불의의 사고로 갑작스럽게 돌아가시면서 정말로 어렵게 자랐습니다.

4남 1녀 중 넷째로 태어나 초등학교 2학년 때부터 형들을 따라 나무를 팔고, 약초를 팔아 생계를 꾸려나가야 했습니다. 그렇게 어려운 형편이다 보니 큰 누나와 형님은 초등학교도 제대로 다니지 못했습니다.

그나마 둘째 형과 막냇동생은 겨우 초등학교를 졸업하는 것으로 만족해야 했습니다. 그런데 나는 초등학교를 졸업하는 것으로는 도저히 만족할 수가 없었습니다. 어린 나이임에도 배움에 대한 열의가 대단했던 것 같습니다. 해서 돈이 되는 일이라면 닥치는 대로 일을 했습니다.

나무를 해서 아랫마을에 팔고, 술을 져다 나르고, 약초를 캐서 팔고 고사리 등 나물도 뜯어 장에 팔고 이렇게 2년 동안 돈을 벌었습니다.

그런 후에야 겨우 엄마와 큰 형님을 설득해 중학교에 입학할수가 있었습니다. 그럼에도 불구하고 난 누구를 원망해 본적이 한 번도 없었습니다. 성격이 낙천적인 탓도 있었지만 원망한들 아무런 이득이 없음을 이미 잘 알고 있었기 때문입니다.

2년이나 늦게 들어간 중학교였지만 간절히 원해서, 그리고 노력해서 들어간 중학교였기에 그 누구보다도 열심히 공부했습니다. 공부를 하는 것이 너무도 좋았습니다. 내가 몰랐던 낱말들, 영어 단어들, 수학 문제들을 하나하나 알아가고 풀어 가면서 느낀 행복에 세상이 온통 내 것 같았습니다.

특히 역사 공부는 나를 흥분하게 만들었습니다. 지금도 동양사, 서양사 등 역사에 대한 흥미가 많아 책장을 넘기곤 합니다.

이렇게 공부가 재미있다 보니 학교생활이 즐거웠습니다. 이러한 학교생활 덕분에 난 늘 긍정적이고, 무엇이든 할 수 있습니다. 자신감도 생겼고, 세상에 대한 비전도 가질 수 있었습니다. 그래서 난 대체로 스트레스를 받지 않았습니다.

스트레스 누가 주는가요?

주는 사람이 없습니다. 그런데도 불구하고 너 때문에, 직장 때문에, 공부 때문에, 친구 때문에 시대를 잘못 만나서 등등의 핑계를 대며 모든 스트레스 원인을 타인으로 돌리곤 합니다.

가만히 살펴보면 스트레스는 남이 절대로 주지 않습니다. 남이 뭐라 하든 내가 안 받으면 되는 것입니다. 저는 지금까지 살아오는 동안 남으로 인해 스트레스를 받아본 적이 별로 없습니다.

그게 어떻게 가능하냐고 묻는 사람들이 많습니다.

답은 간단합니다.

남이 흉을 보거나 비난을 하는 경우도 많습니다. 그럴 때면 나도 사람인데 실수도 할 수 있고, 부족한 게 많으니 상대방 입장에서 그럴 수도 있겠다고 생각합니다. 그러면 마음이 편합니다. 그리고 승진이 늦거나, 돈이 안 되거나, 기피 부서로 발령이 나거나 등등으로 잠시 언짢은 적도 있습니다. 그러나 빨리 잊으려고 노력합니다. 담고 있어봐야 내 몸에 아무런 도움이 되지 않기 때문입니다.

인간지사 새옹지마요, 길흉화복이라 하지 않았습니까? 허니 좋은 일도 생길 수 있고, 궂은일도 생길 수밖에 없는 게 우리네 인생인 것입니다. 역지사지하며 무슨 일이든 우선 받아들이는 것이 편합니다. '피할 수 없는 고통이라면 차라리 즐겨라.'라는 말이 있습니다. 참으로 멋진 말입니다. 내가 할 수 있는 일이란 아무것도 없다며 스스로에게 늘 부정적인 생각을 갖고 있다면 "불가능하다Impossible"란 단어를 잘 들여다보십시오.

보는 시각에 따라 "나는 가능하다I'm possible"라는 매우 긍정적인 뜻으로 읽힐 수도 있다는 것을 깨닫게 될 것입니다. 스트레스란 사회생활을 하며 접하게 되는 끊임없는 자극으로 외부로부터의 압력을 받으면서 생깁니다.

혼자서 입 막고 울지 말 것을 권하고 싶습니다. 그게 지금은 작게 보일지 몰라도 나중에는 큰 병이 될지도 모르기 때문입니다. 울고 싶으면 당당히 울어 버리고 기분이 나아질 때까지 울어버리는 것이 좋습니다.

만약에 괴롭히는 사람이 있다면 그 사람에게도 당당하게 자신의 의사를 밝히는 것이 필요합니다. 자꾸 저자세로 유지하면 그 사람도 무의식적으로 다시 그럴 수도 있기 때문입니다.

무슨 일을 하든 적극적인 자세로 나가고, 긍정적인 사고를 가지면서, 어렵겠지만 항상 웃는 것이 좋습니다. 자꾸 부정적이고 나쁜 생각을 하면 몸뿐만 아니라 마음에도 멍이 들기 마련입니다.

항상 스마일하며 자신이 좋아하는 것을 즐겨야 합니다. 노래를 좋아하면 기분이 나아질 때까지 노래를 부르시고, 스트레스가 쌓이면 몸이 경직됨으로 깊이 숨을 들이마셨다가 천천히 숨을 내쉬었다 하면서 마음의 안정을 찾는 것이 필요합니다.

평소에 자신이 좋아하는 취미를 즐기면 기분이 전환됩니다. 스트레스 해소를 위한 방법들이 많지만 스트레스를 받는 것은 자기 자신임으로 자신이 스트레스를 받지 않으면 되는 것입니다. 그러니 싸워 이겨야 합니다. 이기지 못하겠으면 차라리 체념하고 무감각하게 반응하는 것이 좋습니다. 스트레스 없는 세상에서 모든 사람들이 건강하고 멋진 인생을 살아갈 수 있기를 희망해 봅니다.

인생에서 가장 중요한
'말'에 대하여

살아가면서 꼭 해야 될 말

인간이 태어나서 죽을 때까지 말과 같이 살지만, 말의 위력과 중요성을 너무나도 간과하고 살아가고 있습니다.

링컨은 말을 잘하여 남북전쟁을 승리로 이끌고 노예를 해방시켰습니다. 공자, 맹자, 석가, 예수 성인들의 한마디 한마디가 인류를 구하고 사람을 움직입니다. 말이라고 다 말이 아닙니다. 누가 하느냐에 따라 자세, 톤, 타이밍, 표정 등에 따라 느낌이 다 다릅니다.

말을 잘하는 사람은 표정이 밝고 온유하며 톤이 부드럽고 명쾌합니다. 나서야 할 때와 참아야 할 때를 기가 막히게 잘 포착하며, 의미 전달을 위해 내용을 수없이 고민하고 지루하지 않게 시간을 주도면밀하게 조율합니다.

이와 반대로 말을 잘 못하는 사람들은 장황하고 핵심이 없으며, 아무 때나 나서고 본인의 입장에서 일방적으로 말을 하며, 자세 또한 산만하고 목소리에 힘이 없으며 말에 대한 신뢰를 생각하지 않고 말을 합니다.

　말을 못해 안달이 난 사람들이 너무나도 많습니다. 한 말 또
하고, 한 말 또 하고 하다 보니 지루해서 그런지 저로서는 해줄
말이 없네요. 그저 안타깝게 지켜볼 뿐.

　다만 이런 말은 하지 마세요. 바로 '어눌한 말'입니다.
　안 하니만 못 하고 하고 나서도 후회하고, 괜히 찜찜하고 맛
도 없고… 상대방도 만족해하지 않고, 말이 성숙하지 않아서 세
련미가 없으며, 정곡을 간파하지 못해 개운한 맛이 없습니다.
　'쓸데없는 말'도 하지 마십시오. 그런 말은 이놈 저놈 아무나
하고 다니기 때문에 지조가 없을 뿐만 아니라 구설에 휘말리게
됩니다.

　우리가 살아가면서 정말 해야 할 말은 이런 말입니다.

　감사합니다.
　그 말을 들을 때 정말로 따사롭고 포근함을 느끼게 됩니다.

　사랑합니다.
　듣기만 해도 설레고 황홀해집니다.

　용서합니다.

이런 말을 들으면 정말로 감격해서 눈물이 납니다.

힘을 내세요.
그러면 힘이 생기고 살맛이 납니다.

걱정하지 마세요.
그러면 천군만마를 얻는 것 같아 근심·걱정이 사라집니다.

용기를 잃지 마세요.
살다 보면 장애물을 만날 수밖에 없습니다. 이럴 때 이런 말
을 들으면 다시금 용기가 생겨 두 주먹을 불끈 쥐고 다시 일어
서게 됩니다.

행복하세요.
행복과 불행은 백지 한 장 차이라고 합니다. 내가 행복하다고
느끼면 행복해지는데 누군가로부터 "행복하세요."라는 말을 듣
게 되면 더욱더 행복해짐을 느낄 수 있습니다.

아름다워요.
따사롭고 환해지고 예뻐지는 기분에 마음이 즐거워집니다.

건강하세요.
돈을 잃으면 조금 잃는 것이요, 명예를 잃으면 조금 더 잃는

것이요, 건강을 잃으면 모두 잃는 것이라고 했습니다. 누군가에게 "건강하세요."라는 말을 듣게 되면 기분이 좋아지고 건강해짐을 느끼며 힘이 생기게 됩니다.

성공하세요.
세상에 태어나서 성공하고 싶은 것이 모든 사람들의 공통적인 마음일 것입니다. 입신양명立身揚名이라 했습니다. 누구나가 크건 작건 성공하고자 하는 마음을 가지고 생활합니다.

우리가 살면서 꼭 해야 할 말. 그렇게 어려운 것도 아닌데 우리는 그것을 잊고 살아갑니다. 상대를 위하는 말은 결국 부메랑이 되어 나에게로 돌아오게 됩니다. 상대를 격려해주고 위로해주고 용기와 사랑을 주면서 작은 것에도 감사할 줄 아는 마음. 우리가 살아가면서 꼭 해야 할 말들입니다.

말을 잘해야 합니다

말들이 참 많네요.

청말, 백마, 조랑말, 어눌한 말
유창한 말, 평범한 말, 암말, 수말
이런 말, 저런 말

이렇게 많은 말들 중에 해야 할 말이 있는가 하면
해서는 안 되는 말도 있습니다.

다 같은 말 같지만
천차만별입니다.

뛰어난 장수는 천리마를 알아보고
나라를 구하고 천하도 얻고
죽는 사람도 살리는가 하면

어리석은 장수는
말을 잘못 선택해서 패가망신합니다.

말,
정말 중요합니다.

말에도 품격이 있습니다

"말 한마디로 천 냥 빚을 갚는다."란 말이 있습니다. 이와는 반대로 세 치밖에 안 되는 혀를 잘못 놀려 죽임을 당하는 사례들이 우리 역사 속에서도 무수히 많습니다. 말도 품격 있게 해야 하고 분위기에 맞게 해야 됩니다. 어설프게 말을 하려면 차라리 침묵하실 것을 권합니다.

그렇다면 어떻게 말을 해야 할까요?

같은 말이라도 때와 장소를 가려서 해야 됩니다. 초상집에 가서 "별일 없으시죠?"

이렇게 말하면 뺨을 맞아도 싸겠지요. 노래도 상황에 따라 불러야 되는 이치와 똑같습니다.

말에도 온도가 있습니다. 이상기온으로 인해 강원도에 살인적인 폭설이 내려 엄청난 피해를 겪고 있는데, 그곳에 가서 썰렁한 말을 한다면 어떻게 되겠습니까? 이럴 때는 용기를 주는 말, 따끈한 말을 해야겠지요.

내가 하고 싶은 말에 절대로 열을 올리지 말고, 상대방이 듣고 싶어 하는 말을 골라서 분위기에 맞게 해야 합니다. 입에서 나오는 대로 말해서는 큰코다치게 됩니다. 그러니 말을 할 때는 체로 거르듯 고운 말만 골라서 합시다. 또한 아무리 골라서 해도 불량률이 생기게 됨을 잊어서는 안 됩니다.

말을 할 때는 상대방의 눈을 보며 말해야 합니다. 눈이 맞아야 마음도 맞게 되기 때문입니다. 그리고 말을 할 때는 역사 속에 등장하는 인물, 혹은 전설 등을 소재로 예화를 들어가며 말하면 맛이 나고 품격이 있어 보이고, 천연 조미료를 섞은 것과 같이 맛깔스럽게 대화를 이어 갈 수가 있습니다.

품격 있는 말을 할 때 가장 주의해야 할 것은 한번 한 말을 두 번 다시 해서는 안 된다는 것입니다. 그렇게 하면 듣는 사람을 지겹게 하고 식상하게 만들어 품격을 떨어지게 합니다. 또한 말을 할 때는 일관성 있게 할 것을 권합니다. 믿음을 잃으면 진실도 거짓이 되어 버린다는 것을 명심해야 합니다.

말을 할 때 절대로 독점해서 하지 말고, 상대방에게 최대한 말할 기회를 주어야 합니다. 대화는 일방통행이 아니라 쌍방교류이기 때문입니다. 상대방의 말을 끝까지 들어주는 것도 또한 매우 중요합니다. 말을 자꾸 가로채면 돈 빼앗긴 것보다 더 기분 나쁘다는 사실을 잊어서는 안 됩니다.

내 생각만 옳다고 억지로 상대방을 설득하려고 생각하면 큰 오산입니다. 자라온 환경도 다르고, 태어난 시대도 다르고, 모든 것이 다른 환경에서 생활해온 상대방을 내 생각과 같을 것이라고 착각한 채 설득하려고 한다면 괜한 시간만 낭비하게 됩니다. 쌍둥이도 생각이 다르다는 것을 알아야 합니다.

우리나라 사람들은 죽는다는 소리를 밥 먹듯이 합니다. 참 이상하지요. 그러면서도 장수를 누리고 있으니 말이지요. 죽는소리를 하면 천하장사도 살아남지 못한다는 것을 상기하시기 바랍니다.

요즘 경청하라는 말을 우리는 많이 들으며 생활하고 있습니다. 내가 말하면 상대방이 지식을 얻게 되고, 상대방이 말하면 내가 지혜를 갖게 됨을 알아야 합니다. 내가 말하면 지방방송이요, 상대방이 말하면 FM 방송입니다. 그리고 어떠한 일이 있어도 불평불만은 입에서 꺼내지 마시기 바랍니다.

불평불만은 불운의 동업자가 되기 때문입니다. 행복의 동업자와 살아도 짧은 인생인데 불운의 동업자를 업고 살아야 하겠습니까? 재판관도 아닌데 우리는 시시비비를 가리려 듭니다. 죄에 대한 옳고 그름은 재판관이 결정하고, 시절의 옳고 그름은 시간이 판결합니다.

아울러 입으로만 말하지 말고 표정으로도 말을 하라고 권합니다. 가요 중에 〈눈으로 말해요, 살짝이 말해요, 남들이 알지 못하도록 눈으로 말해요〉라는 노래도 있듯이 입보다는 눈으로 더 많은 말을 하는 경우가 많으며, 그럴 때 진실을 알게 된다는 사실을 알아야 합니다.

말을 할 때는 논술을 쓰듯 조리 있게 기승전결로 구분해서 말하는 습관을 가져야 합니다. 어설프게 말을 전개해 나가면 동쪽이 서쪽이 될 수 있습니다. 그러면서 결코, 남을 비판하거나 비난하는 말은 어떠한 경우에도 하지 말 것을 권합니다.

남을 감싸주는 것이 덕망 있는 사람의 태도인데도 자신의 품격을 떨어뜨리는 행동을 서슴지 않고 우리는 하고 있습니다. 남을 향해 쏘아 올린 화살이 자신의 가슴을 명중시킬 수도 있다는 사실을 알아야 합니다.

미운 사람에게 떡 하나 더 주라는 속담이 있습니다. 성경에도 원수를 사랑하라고 했습니다. 미운 사람을 특별히 대해주면 고운 사람은 못 돼도 평범한 사람은 될 수 있으며, 적군도 아군이 될 수 있습니다. 그리고 말에도 맛이 있으므로 맛깔스럽게 해야 합니다.

입맛에는 단맛, 쓴맛, 신맛, 짠맛, 매운맛이 있습니다. 그렇듯이 말에는 감칠맛이 있습니다. 입맛 떨어지는 말을 하지 말고 감칠맛 나는 말을 해야 합니다. 사람마다 좋아하는 음식이 다르듯 좋아하는 말도 다르게 마련입니다. 또한 부정적인 말은 하지도 듣지도 전하지도 마시기 바랍니다. 부정적인 말은 부정 타기 마련입니다. 입에서 나오는 대로 말하는 사람은 경솔한 사람으로 취급되므로 가슴에서 우러나오는 말을 하도록 노력해야 합니다.

말로 입은 상처는 평생 간다고 합니다. 말에는 지우개가 없어 지울 수 없으니 조심해서 골라서 말해야 합니다. 아울러 말에는 언제나 책임이 따르게 되므로 책임질 수 없는 말은 하지 말아야 합니다. 실언이 나쁜 것이 아니라, 변명이 나쁜 것이므로 혹여 실언을 했다면 곧바로 사과를 해야 합니다.

말에는 메아리의 효과가 있어 자신이 한 말이 자신에게 가장 큰 영향을 미친다는 사실을 알아야 합니다. 그리고 말이 씨가 된다는 것을 생각해야 합니다. 어떤 씨앗을 뿌리고 있는가를 먼저 생각하고 이왕지사 씨앗을 뿌렸다면 물도 주고 거름도 주며 정성껏 가꾸어야 합니다.

우리가 일상에서 하는 말들이 어떠한 영향을 미치고 파급효과를 가져오는지를 늘 상기하시고 좋은 말만 하는 습관을 가져 존경받고 품격 있는 사람으로 거듭나실 것을 기원하고 소망해 봅니다.

리더십이 있는 말 = 카리스馬
세계적으로 영향력 있는 말 = 오바馬
여름 되면 오는 말 = 장馬
얼굴에 있는 말 1 = 이馬
얼굴에 있는 말 2 = 가르馬
엄마 말이 길을 잃으면 사자성어로 = 맘馬미아
조폭 두목이 타는 말 = 까불지馬

용기와 희망을 주는 말도 있습니다. 만년 꼴찌 경주마 〈하루우라〉 이야기입니다.

1989년 데뷔전을 치른 이래 단 한 번도 우승을 하지 못하고 113년 패를 기록한 채 은퇴를 해 화제가 되었습니다. 하지만 영원한 만년 꼴찌 말 하루우라를 어느 날부턴가 사람들이 주목하기 시작했습니다. 그 말에 열광하는 이유는 승자와 패자가 갈라지는 피곤한 세상에 지더라도 꽤 부리지 않고 결승선까지 성실히 달리는 그의 모습을 통해 사람들은 또 다른 희망과 용기를 주었기 때문입니다.

살면서 단 한 번도 이겨보지 못한 자신의 인생과 비슷한 그 말을 통해 뭔가 아픔을 교감했던 것입니다.

〈하루우라〉라는 이름의 뜻은 화창한 봄날입니다. 긴 겨울이 지나면 화창한 봄날이 오는 것처럼 비록 경주에서는 만년 꼴찌였지만 그 말의 삶은 희망으로 가득한 삶이었습니다. 그 말은 세상에서 실패한 많은 사람들에게 결코 포기하지 않는 희망과 행복을 주었기 때문입니다. 사람들은 경기장을 떠나는 경주마 하루우라에게 조용히 말합니다.

"만년 꼴찌 네 덕분에 행복했다."라고 말입니다.

좋은 말은 좋은 생각을 통해서만 가능합니다. TV 화면이 선명하고 고화질의 멋진 장면으로 나오면 기분이 상쾌하고 흐뭇해지며, 빙그레 웃음이 절로 납니다. 그런데 그런 좋은 화면이 나오기까지의 과정을 한번 생각해 보셨는지요? 우선 좋은 주파수를 확보하여 가장 좋은 주파수 대역에 배열을 해야만 합니다. 그리고 맑고, 밝고, 청아한 주파의 파동을 보내야만 가능합니다.

물론 좋은 콘텐츠에 예술적 연출이 당연히 수반되어야만 가능하지요. 이런 TV의 원리처럼 사람들이 서로 만나거나 메시지를 주고받을 때 가장 기분 좋아하는 것은 좋은 말을 듣거나 인간 냄새나는 말들을 접할 때 가장 기분 좋아하고 용기를 얻으며 꿈과 희망을 노래합니다.

예를 들어 이런 말들을 들을 때 그렇습니다.

겸손하고 예의 바른말. 배려, 칭찬, 격려, 신뢰가 가고 정감 넘치는 따뜻한 말. 유머스럽고 호감이 넘실대는 언어 구사 등이 좋은 예들이지요. 그런데 이런 말들이 그냥 나오지 않습니다. 늘 생각하고 배우고 익히며 자신을 갈고닦아야만 가능한 일들입니다. 그러니 앞으로 살아가는 동안 즐겁고 행복하고 주변 환경이 건강하고 유쾌하려면 좋은 말하는 것을 습관화하고 부단한 노력을 해야 합니다.

세상에는 좋은 말로 칭찬받은 사람들보다 그렇지 않은 사람들이 너무나 많으며 그로 인하여 괴로워하는 사람들이 많습니다, 죽는 사람도 살리는 것이 좋은 말입니다. 오늘도 좋은 생각에 사랑과 감사의 감정을 실어 보내오니 기쁘고, 따뜻하고, 긍정의 에너지가 마음 구석구석 온기로 훈훈해지길 바랍니다.

인생은
나를 찾아가는 순례길

박형수

59년 돼지띠

6월 용의 월

23일 호랑이 날

10시 양의 시

저의 사주풀이는 이렇습니다.

'돼지처럼 건강하고 용처럼 지혜로우며, 호랑이처럼 용맹스럽고 기개가 있으며, 양처럼 부지런하고 역마살이 (좀?) 있다.'

2013년을 뒤로하고 2014년 희망찬 새해가 밝았습니다. 2014년 첫날 저는 제야의 종소리를 뒤로하고 새벽 3시에 일어나 부인에게 안마를 해줍니다. 그후 맨손 체조를 한 다음, 손수 밥을 지어 만든 비빔밥을 꿀맛으로 먹고 설거지까지 마친 뒤 집을 나섰습니다.

시간은 새벽 4시. 택시를 타고 용산역으로 가 5시 20분 순천행 기차에 몸을 실었습니다.

"나의 정체는 무엇이며? 어디서 와 어디로 가는가?"

그 해답을 찾으려 뿌리의 흔적을 더듬으며 나의 조상 묘소에 앉아 구름과 바람, 나와 뿌리를 찾아 걸음을 옮겼습니다. 한 걸음마다 극락왕생을 빌며 가족과 부모·형제·세계평화를 기원하며 한 해의 소원을 간절히 빌어봅니다.

나를 비롯한 모든 분들이
건강과 행복이 충만한 한 해가 되시기 바라며
조화와 균형, 훈훈한 정이 넘치는 한 해가 되어 주십시오.

저를 이런 사람으로 인도하여 주십시오.
각박한 사회에 희망의 등불이 되는 열정을 주시옵고
저로 인하여 세상을 아름답게 하는 지혜를 주시옵소서.

감사와 사랑을 실천하는 능력과 근면함을 주시옵고
나눔과 봉사를 통하여 어둠은 밝음으로

두려움은 용기로 슬픔은 기쁨으로
온 누리에 은총의 힘을 주시옵소서.

싸늘한 한기를 뒤로하고 고향산천을 뉘엿뉘엿 걸어봅니다.
정겨움이 사무쳐오네요. 앞산 뒷산이 정겹고 풀 한 포기, 나무 하나하나 추억의 흔적들이 가슴을 뛰게 하네요. 개울가 흐르는 물소리는 잠자는 나의 영혼을 따라 흘러 강이 되고 바다가 되어 거대한 우주로 다가옵니다.

　소낙비 따라 달려가는 어린 시절이 주마등처럼 스쳐 가는 순
간, 미지의 세계를 동경하며 하염없이, 하염없이 꿈을 꾸었던
그리움들이 빙그레 미소 짓게 합니다.

　마땅한 간식이 없어 산으로 들로 계곡으로 온갖 초근목피로
허기를 달래고, 아버지 없는 설움과 가난에 시달리며 겪어야
했던 응어리들…. 중학교에 가기 위해 컴컴한 밤길에 나무 팔
러 다니고, 새벽이면 술을 실어 나르고 약초 캐다 팔아 살아온
날들이었습니다.
　해마다 1월 1일이면 혼자서 고향을 방문하여 나를 찾는 시간
을 가져봅니다.

　나를 되새기며 돌아보니 몸과 마음이 가벼워짐을 느낍니다.
온 세상이 내 세상 같습니다.
　'그 어려웠던 시절에도 꿈을 꾸며 살았는데 그에 비하면 지금
은 천국에 살고 있지 않은가? 뭐가 아쉽고 부러워할 일이 있는
가? 오히려 감사해야 할 것이 천지 아닌가?'

　아! 신난다.
　고향은 나의 엄마이며 힐링입니다.

어머니 어머니

내가 태어나고 자라 어느 정도 성인이 되어 자신을 되돌아봅니다.

지금까지 가장 존귀하고 감사하게 생각하는 것이 무엇일까? 몇 날 며칠을 곰곰이 생각해봅니다. 그 어느 것보다 계속해서 떠오르는 단어가 어머니네요. 그리고 또 생각해봅니다. 다른 것은 없을까? 아무리 생각해봐도 어머니네요.

세상 그 무엇으로도 바꿀 수 없고 나에게 절대적인 존재 어머니. 재롱떨고 말을 배우고 가장 먼저 말하고 가장 많이 사용한 단어 어머니. 철부지부터 사춘기까지 세상에서 가장 위대하고 하느님 같은 절대적 존재였습니다. 그러나 결혼을 하고 나이가 들어가면서 어머니는 연약한 여자로 보였습니다. 하나씩 단점도 보이고 못마땅하게 생각한 적도 생겼습니다. 그렇게 위대하게 생각한 어머니가 대화가 안 통하고, 세상 이치나 많은 부분에서 갑갑함과 아쉬움들로 속상한 적도 있었습니다.

때론 바쁘다는 핑계로 먹고살기 힘들다는 이유로 불효한 적도 많았습니다. 이제부터 효도 한번 해보자고 다짐하니 어머니는 귀가 안 들리고, 속 시원하게 대화 한번 못 해보고, 서로 바라만 보며 간혹 들리기라도 하면 몇 마디 하는 게 다인 그런 아쉬움만 남는 만남이었습니다.

구순이 되던 해. 휠체어에 어머님을 태우고 세상 구경을 해드렸습니다. 순천만, 선암사, 고향산천 너무나 좋았습니다. 그간 못다 한 효도 몸살이 나도록 밀고 끌고… 다음에도 또 기회만 되면 해드려야지 다짐을 했습니다.

그러던 어느 날 집에서 선풍기 줄에 넘어져 엉치뼈가 부러져 병원에 입원하게 되셨습니다. 전혀 거동을 할 수 없는 데다가 치매 증세까지 겹쳐서 지금은 제가 와도 먼 산만 바라보고 계십니다. 때로는 집에 가자고 조르고, 외로움에 깊은 고독에 신음하는 어머니의 모습을… 그저 바라만 볼 수밖에 없었습니다.

어머니. 이 세상에서 가장 위대하고 고귀하신 어머니. 여자일 때는 똥오줌도 냄새난다고 도망 다니시다 엄마가 되면 무슨 보물이라도 만난 듯 기뻐하시고, 진자리 마른자리 갖은 고생 다 하시면서 기쁨으로 웃으시며 길러주신 어머니.

그런 어머님을 마냥 지켜보기만 할 뿐… 뭐 하나 제대로 해주지 못한 무기력과 그 텅 빈 자리 하염없는 그리움과 외로움에 목이 멥니다. 그렇게, 그렇게 받아들이고 보내자니 눈물이 자꾸자꾸 흐르네요. 그 한 많은 설움, 원망 없이 보내 드리자고 다짐하지만, 어떻게 해야 할지 답답합니다. 그리운 어머니, 엄마….

재 넘어 그 먼 길, 다 털어버리고 자유의 영혼 되어 이승에서 못다 한 그 모든 것들 원 없이 하시길 앙망합니다. 오늘도 이 불효자식은 목이 메여 울고 있습니다.

뿌리를 찾으며 살아야 합니다

우리는 어디서 왔고 어디로 가는가? 자의든 타의든 우리는 세상에 태어났습니다. 이것은 운명이요, 사명입니다. 해서 우리는 잘 살아야 하는 의무도 갖게 되는 것입니다. 공자는 『효경』의 첫 장에서 기록하고 있습니다.

身體髮膚 受之父母 不敢毀傷 孝之始也
(신체발부 수지부모 불감훼상 효지시야)

"사람의 신체와 터럭과 살갗은 부모에게서 받은 것이니 이것을 손상시키지 않는 것이 효의 시작이다."

한글을 창제한 세종대왕은 용비어천가에서 "뿌리가 깊은 나무는 바람에 흔들리지 아니하므로 꽃이 좋고 열매가 많이 열리며 샘이 깊은 물은 가뭄에도 끊이지 아니하므로 시내를 이루어 바다로 흘러간다."라고 했습니다.

우리는 어디서 왔다가 어디로 가는가요?

뭉게구름처럼 정처 없이 왔다가 흔적 없이 사라지는 나그네. 구름 같은 인생! 한 줌 흙이 되어 바람에 날리고 나무의 토양이 되어 새로운 생명체의 자양분이 될지라도 내가 자라고 태어난 곳의 자연의 토양이 되고 싶은 것이 인간의 본능입니다. 연어의 회귀본능을 아시나요? 수만 리를 헤엄치고 갖은 파도와 싸우면서도 자신이 나고 자란 곳에 와서 알을 낳고 생을 마감합니다.

수구초심首丘初心 여우도 죽을 때 자신이 태어난 곳을 바라보며 세상을 하직합니다. 하물며 뼈대 있는 한민족의 영광스런 후손들은 말하여 무엇하겠습니까? 한 뱃속에서 태어난 형제들도 다 성격이 다르고 삶의 형태도 각양각색입니다. 사는 곳도 다르고 직업도 다르고, 믿고 의지하는 종교관 세계관도 차이가 있습니다. 그렇지만 피는 물보다 진하다고 기쁠 때나 슬플 때 먼 길 마다치 않고 달려옵니다. 어려운 일이나 서로 도움 주는 일에는 만사를 제쳐 놓고 자신을 불태우며 희생을 마다하지 않습니다.

사는 게 뭔지? 그동안 나의 뿌리에 대한 진정한 의미와 정체성을 깊이 있게 살피지 못한 채 살아왔네요. 쑥스럽고 죄송하고 다소 민망하여 큰 심호흡 한 번 하고 용기 내어 뿌리를 찾아 떠났습니다. 그리운 산야 앞산, 뒷산, 개울가 옛 추억들이 손짓하네요.

정겨운 새소리 알알이 영글어 가는 오곡백과 산재 넘어 뭉게구름 이런저런 상념에 한참을 걷다 보니 어느덧 조상 대대로 제사 지낸 선산을 찾았습니다. 팥죽 같은 땀을 흘리며 간신히 찾아서 연신 인사를 드렸습니다. 집안 대대로 지켜주시고 보살펴주신 은덕을 기리며 다짐을 했습니다. 집안의 뿌리를 찾아서 지극정성으로 모시겠다고 그리고 집안의 우애를 위해 노력하겠다고… 기분이 너무나 좋았습니다.

조상님의 기를 받으니 자신감도 생기고 행운이 늘 따라올 것 같은 예감에 마냥 신이 났습니다. 그런 연후로 매사가 잘되고 좋은 일만 생기네요. 같이 동참하시어 뿌리도 찾고 행운도 잡은 그런 의미 있는 뿌리 찾기 여행을 권해봅니다.

나의 고향 곡성

곡성입니다.
섬진강, 보성강이 굽이치고
산과 계곡이 구렁이를 닮았습니다.

도도히 유유자적
발원지의 섭리 따라
물안개를 띄우며
학은 여울목에 내려앉아
고이 접은 날개를 드리웁니다.

물결 따라 바람 따라
들판에 일렁이는 자운영의 아름 따라

굴곡진 산 너울을 그림자 삼아
꾸불꾸불 돌 모퉁이 담장 삼아

뭉게구름 바람 따라

역사의 소용돌이
휘돌아 치는 물살을 보며

내 마음의 조각배를
수도 없이 띄우고 또 띄워봅니다

구불구불 흘러흘러
정처 없이
흔적의 편린을 쫓아갑니다.

곡선은
부드러움이며 여유입니다.
포용이며 아량입니다.

우리가
유독 너그럽고 인자하고 자상한 것은
곡에서 태어났기 때문입니다.

우리가
유독 순수하고 열정이 넘실대며
효도하고 나라를 사랑함은

곡에서 나고 자랐기 때문입니다.

우리가
이렇게 아름다운 세상의 인연은
곡에서 선하게 살아온
조상님의 은덕입니다.

우리가
손잡고 다정하게
험한 세상에 다리가 될 때

나는
물밑에서 받침대가 되겠습니다.

북두칠성이 되고
나침판이 되겠습니다.

머슴이 되어
가을의 결실을 한 아름 드리겠습니다.

촛불이 되어
세상을 보다 더 아름답고
밝은 옥토를 만들어 보겠습니다.

부족함이 너무나 많기에
알맹이에 쭉정이를 부여잡고

챙이 질을 허공에,
바람만 일렁이며 먼지만 날립니다.

고향 땅이 여기서 얼마나 되나
고향에도 지금쯤 뻐꾹새 울겠지

만나면
가슴이 뜨거워지고
추억이 있고
사투리가 있고

오손도손
정이 샘솟는
나의 고향은 곡성입니다.

고향의 추억들이 그리움으로

칠흑같이 어두운 밤길을
압록에서, 석곡에서, 주암에서

오직 엄마가 계시는 집을 향해
달리고, 뛰고, 걷고, 달리고, 뛰고, 걷고

머리카락은 곤두설 대로 곤두서고
온몸은 땀으로 뒤범벅이 되고

엄마를 보는 반가움은 잠시
긴장감 뒤에 오는 허탈감을 아시는지요?

휘영청 밝은 달밤에
공동묘지를 지나보셨나요?

소복 입은 귀신이
금방 '히히히' 하며 나타날 것 같고

이런저런 무서운 전설들이
발걸음을 재촉하고
가끔 뽀스락 거리는 소리라도 들리면

혼비백산 가슴을 조이던
어린 시절의 기억들이 꿈속에도 등장한답니다.

당산나무에 앉아있는 부엉이를 보셨나요?
생김새도 무섭지만, 가끔씩 울어대는 소리에
소름끼치는 살 떨림을 경험해 보셨는지요?

뒷산에 빤짝빤짝 하나둘 하던 불빛이
갑자기 쫙 퍼지며 내 앞까지 다가오는
도깨비불을 보면서 혼비백산
'걸음아 나 살려라' 뛰었던
어린 시절이 진한 향수로 다가옵니다.

언덕배기에 있는 진달래꽃을 따기 위해
애간장을 태웠던 시절이 너무나도 그립습니다.

사돈 집 닭서리, 큰집 단감 서리
오이, 가지, 무, 고구마, 감자, 보리, 밀,
개울가 피라미 잡기…
일일이 열거할 수 없는 고향의 추억들이
새록새록 선명하게 떠오릅니다.

이런 이야기들을 공유할 수 있는

고향 사람들이
그리움으로 우정으로 향수로
추억으로 다가옵니다.

나의 고향은 대한민국입니다

나의 본적과 고향은 대한민국입니다.

나는 자랑스러운 한국 사람이요, 대한민국 사람입니다. 사람은 저마다 태어나고 자란 곳이 다릅니다. 성격도 다르고 생각도 다르고 생김새도 다르고 모든 것이 다 다릅니다. 그러나 부인하려야 부인할 수 없이 똑같은 것이 한 가지 있습니다. 바로 만물의 영장인 사람으로 태어났다는 것입니다. 그리고 무궁화 삼천리 화려강산에 함께 태어나고 자란 조국이 대한민국이라는 것입니다.

그럼에도 세상에 똑같은 사람은 한 사람도 없습니다. 70억 지구촌 어디에도 똑같은 사람은 없으며 쌍둥이도 뭐가 달라도 다르다는 사실을 우리는 부인할 수가 없습니다. 그러나 그 차이는 별것 아닙니다. 사람은 그 차이보다 훨씬 많은 면에서 훨씬 중요한 부분에서 서로 닮았다는 사실을 우리는 간과하고 있는지도 모릅니다.

그런데도 불구하고 영·호남으로 갈리고, 동서로 갈리고 학교 동문으로 갈리고, 혈족으로 갈리고, 당파로 갈리고, 직업군으로 갈리고, 노사문제로 갈리고, 갑과 을로 갈리며… 반목과 질시를 일삼고 있습니다.

특히 선거철만 되면 못된 정치꾼들은 이를 철저하게 이용하며 부추기고 있습니다. 이제는 개인의 영달만을 위해 지역주의를 활용하는 정치인은 과감하게 배척해야 합니다. 우리 세대는 갈등과 다툼과 차별이 청산되고, 통일과 화합과 일치의 정신이 꽃피는 세대가 되어야 합니다.

마음을 합해서 우리가 가진 것을 나누면, 결국 나눈 만큼 쪼개지는 것이 아니라, 그만큼 늘어나게 된다는 사실을 알아야 합니다.

넓고 크게 살도록 합시다.

저 넓고 큰 세계로 눈길을 돌리면 '나'와 '너'는 사라지고 '우리'가 됩니다. 타고르는 동방예의지국에서 살고 싶다고 했습니다. 동방예의지국이 바로 대한민국입니다. '효'를 그 여느 나라보다도 중시하고, 웃어른을 공경하며 살아온 예의 바른 민족이 바로 백의민족 대한민국입니다.

우리는 지금 그 어느 때보다도 화해와 일치와 협동의 정신이 요구되는 시기에 살고 있습니다. '나'의 옹졸한 껍질을 깨고 '우리'의 바다로 나아가야 합니다. 손바닥보다 작은 나의 이기심 하나에 얽매이지 말고 쟁반보다 큰, 우리의 다 같은 행복과 이익을 생각하며 대인이 되어야 합니다.

군자대로행君子大路行이라 했습니다. 소인이 될 것인가? 대인이 될 것인가?

선택은 남이 아닌 내가 해야 한다는 사실을 명심하고, 세상을 바람직한 세계로 바라보는 혜안을 가지고 나만의 타고난 소질과 자질을 계발해야 합니다. 내면 속에 깊이 간직되어 있는 잠재의식을 발현해 한 알의 밀알이 되어야 합니다.

대인이 됩시다.

'나'를 넘어서 '우리'로 살아야 합니다. 우리는 다름 아닌 대한민국 사람입니다. 앞으로 처음 만난 사람끼리 인사할 때 "우리는 하나다. 대한민국 국민의 일원으로서 소임을 다하는 사람이 되자 함께할 때 아름다운 세상이다!" 외치면서, 보다 더 나은 세상을 활짝 열어가는 파수꾼이 됩시다.

우리는 단군의 후예로서 자긍심을 가지고 발자취를 남기면서 또 하나의 역사를 만들어 가야 합니다. 반목과 질시의 세계를 넘어 이상을 펼쳐 나갑시다.

앞으로 술을 마시면서 건배 제의를 할 때는 "우리는 하나다. 단군의 자손인 대한민국 국민이다!"를 외치며 거나하게 한잔합시다. 이에 동참하는 사람이 하나둘씩 늘어날 때 그야말로 신명나고 살맛 나는 아름다운 대한민국을 열어갈 수 있는 것입니다.

어른이 되고서야 알았습니다

우리 엄마는 왜 그렇게도
모질게 살아야만 했을까?

하늘 아래 첫 동네 37살에 남편과 사별하고
핏덩이 어린 자식들 논뙈기, 밭뙈기 하나 없이
남의 집 허드렛일 해가며

강보에 어린 자식 등에 업고
밤낮으로 초근목피 해가며 억척같이 사셨을까?

어린 시절에는 전혀 몰랐습니다.
오히려 창피하게만 여기며

친구나 친지들로부터 놀림 당했을 때는
엄마를 원망하곤 했습니다.

이제서야 알겠네요.
이 몸 죽은들 무슨 여한이 있겠습니까마는

내가 낳은 자식 버려지고 굶주리고
올바로 자라지 못할까 봐

힘든 줄도 창피한 줄도
혹여 알았어도 오직 자식들을 위해

손발이 부르트고
어깨, 허리가 끊어지는 고통을 참고 또 참고
가슴의 응어리가 되고 한이 되어도
죽지 않고 살아온 이유를.

그리고 비가 오나 눈이 오나 하루도 거르지 않고
정한수 차려놓고 손금이 다 닳도록 지극정성으로
오직 자식들 잘되기만을
조상님, 하느님, 부처님, 삼신할머니께
간절히 기도드린 그 마음을

어른이 되고서야 알겠습니다.

앉은 자리가 꽃자리

지금 앉아 있는 자리가 마음에 드십니까?
마음에 안 드신다고요?

그러면 어떤 자리가 마음에 드십니까?
각자 다르겠지요!

나는 내가 앉아 있는 이 자리가
꽃자리구나 생각하고

행복하고 재미지게 살려고
마음 단단히 먹고 삽니다.

사는 게 왜 이리 즐겁고 재미있고
별거 아니구나 생각되는지 모르겠네요.

내가 바보라서
그런가도 모르지요.

그러나 저는 후회하거나
흔들리거나 하지는 않을 겁니다.

사는 게 뭐지요?
그리고 무엇을 위해 그리 허덕이고
갈증을 느끼고 사는가요?

시골에 살 때는
자동차도, 전기불도 텔레비젼, 냉장고…
아파트 평수가 부족해서
고급자동차가 아니어서…
지금 앉아 있는 자리가
불편하십니까?

남들과 비교하니까 부족하고
모자라게 보이는 것 아닙니까?

왜 남들과 비교하나요?
그러면 뭐가 생기고 이득이 됩니까?
저는 이렇게 생각하고 삽니다.

인간이 사는 세상에는
평등하고 공평한 세상은
존재하지도 않았고
존재하지 않을 것이라고요.

그러면 어떻게 사는 것이
행복한 삶일까요?

첫째

규칙적인 운동을 통한

건강한 육체에 건강한 정신입니다.

둘째

남과 비교하지 말고

자신의 삶에 만족하는 것입니다.

셋째

세상이 공평하다거나 평등하다고

생각하지 말아야 합니다.

넷째

긍정적인 사람과

가까이하는 것입니다.

그리고

지금 내가 앉아 있는 자리가 꽃자리라고 생각하고

표현의 미를 살리는 것입니다.

후회 없는
인생을 위해

안부

새벽 4시 칠흑 같은 어둠 속에
혼자서 등산을 갑니다.

이른 새벽 산행에 등불이 없으면
한 걸음도 갈 수가 없습니다.

한참을 가다가 보면
먼동이 틉니다.
해가 뜨니 곧 손전등이 귀찮아집니다.

우리가 살아가면서 공기, 감사, 사랑, 우정 등이
늘 필요하지 않다가도
어느 때는 절실하게 느껴지고 너무나도 소중하게 여겨집니다.
마치 어두운 새벽길에 등불처럼 말입니다.

순간순간 소중한 것들 잘 챙기시고

닥쳐올 소중한 것들도 미리미리 준비하는 것,
삶의 지혜입니다.

힘들다고 바쁘다고 미루는 안부, 답장, 관심,
어느 순간 외톨이가 됩니다.

그리고 회복하는 데 너무나 많은 노력이 필요합니다.
'그리운 마음으로 보고 싶네요.'
안부라도 한번 보내세요.

아쉬움

뜨거운 햇살 사이로 내 곁을 스쳐 지나가는
산들바람아!
너는 알지.

이 바람
함께한 나의 소중한 그대에게도 불어다오!
기도하는 나의 간절함을 전해다오.
정이 그립다고, 사랑한다고, 보고 싶다고.

언제나 느낌으로 다가오는 님아!
오늘도 나는 오솔길 걸으며
아름다움들을 그려본다.

세상에 아름다움들이 왜 이다지도 많은지
사랑할 수 있어 아름답고,
그리운 정들이 있어 아름답고.

건강, 산들바람, 예쁜 꽃, 꿈들
온 세상이 온통 아름다움의 천국인 걸.

산길 걸으며

지저귀는 새들의 울음소리, 산들바람, 옹달샘
마음 상태에 따라 느낌이 다 다르고

목이 터져라 외쳐본다.
신들린 사람처럼 왜 이다지도 즐거운지.

흔들리지 않는 마음 상태.
어느덧 인생의 묘미를 느낀다.

후회도, 미련도, 갈등도, 번뇌도
다만 아쉬움들이
조금 더 잘했으면, 조금 더 열심히 할걸.

늘 건강하고, 사랑하고, 부모 형제 무고하고…
이런저런 아쉬움들이…
아쉬움은 인간의 영원한 업보이자
살면서 친구 같은 동반자.

함께 오솔길 따라 정다운 얘기 나누는
장면을 그리면서
오늘도 내일도 그리고 오늘도 내일도
아쉬움이 나를 따라다닌다.

보고 싶어도 현실이 허락하지 않음도
아쉬움으로!

새벽 산행에 장대비를 맞으며

소나기만 내리면 왜 이렇게 가슴이 콩닥거리는지
어릴 적 앞산 등성이 사이로 바람 따라 달려가는 소나기를
서로 뒤질세라 앞다투어 뛰었던 기억들이
가슴을 뛰게 한다.

한참을 뛰다 보면 그때서야 뉘우친다.
내가 따라갈 수 없다는 것을,
그렇지만 왜 그리도 상쾌하고 시원한지
웃음이 절로 난다.

모든 시름, 울분, 그리움, 설움, 한, 응어리들이
말끔하게 씻겨 나가고
어느덧 뭉게구름 사이로 비치는 햇살의 눈부심.

일곱 색깔 무지개를 따라 희망의 꿈들이
눈앞을 아롱거리는, 푸르른 들판의 일렁이는
자연을 보며 한없는 미지의 세계를 동경한다.

저 산 너머 뭐가 있을까?
새처럼 날아가 볼까?
뭉게구름에 물어 볼까?

소년의 가슴으로 밀려오는 벅찬 감동
그래서 그런지 요즘도 소나기만 보면
그냥 맞고 싶다.

오늘 아침 내리는 장대비를 우산도 없이
어두운 새벽에 원도 없이 비를 맞았다.
근심, 걱정, 두려움, 시기, 원망, 갈등
다 말끔하게 씻어 버리고

그 자리에
감사, 행복, 겸손, 배려, 꿈, 희망, 봉사, 헌신을 담으니
세상에 천국이 보인다.

아! 아름다운 이 세상.
콧노래가, 행복의 미소가

자연을 벗 삼아 산행하면서
삶의 행복은 거창한 데 있는 게 아니라

소소한 데 있다는 것을
새삼 절감하고는, 다짐한다.
세상의 모든 이치는
감사와 사랑이라고 하지.

이 원리가 늘 작동하도록
긍정의 에너지를 찾아
산으로 들로
우정으로 사랑으로
대폿잔으로
사무실로!!

삶은 한 편의
기행문입니다

인연, 그 아름다운 여정

헝가리 여행길에 있었던 일입니다.

가이드 선생님과 많은 대화를 나누게 되었는데, 어떻게 해서
이곳까지 와서 살게 됐냐고 물어보았습니다. 가이드는 이렇게
대답했습니다.

"고등학교를 졸업하고, 집에서 가사를 돌보고 있는 중 우연히
친구가 생각나서 찾았습니다. 그 친구는 헝가리에 살고 있다고
하면서 자신이 있는 곳으로 여행 한번 오라고 하는 것이었습니
다. 그래서 진짜 친구를 만나러 헝가리에 와보니 너무 좋았고,
그냥 살게 되었습니다. 그리고 지금은 현지인과 결혼해서 재미
있게 살고 있습니다."

우연일까요? 숙명일까요?

우리의 만남과 인연이 다 이렇습니다. 부모, 형제, 친구, 나
와 관계를 맺은 사람들 모두가 다 우연히 자연스럽게 인연들을
맺고 살아갑니다. 그러나 살면서 참으로 묘한 것은 인연으로의

여행이 즐겁고, 의미 있고, 고맙고, 감사하고 소중한 것이라는
것을 깨닫는 것입니다.

　그 많은 사람들 중에 서로 가슴을 열고, 정을 나누고, 추억을
쌓고 안부를 전하고, 인생을 대폿잔에 담아서 삶을 노래하고,
안 보면 그리워지고… 그래서 메시지를 보내고, 아름다운 자연
을 보면 같이 여행하고 싶고, 맛있는 음식을 먹으면 꼭 맛보여
주고 싶어지게 됩니다.

　오늘 같은 날엔 소주잔에 세상에 모든 미소, 웃음, 행복, 사
랑, 우정을 담아 '소취하, 당취평(소주에 취하면 하루가 즐겁고, 당신에게
취하면 평생이 즐겁다)'을 외치고 싶어지는 것은 우리가 특별한 인연
임을 생각하며 그럴수록 각별하게 생각하면서 살아야 할 이유
입니다.

명함 속에 진리가 있습니다

우리는 일상을 살아가면서
수많은 사람과 만나고 헤어지고를 반복하고 살아갑니다.

그러면서 서로 명함을 주고받게 됩니다.
대부분 사람들은 받고 그냥 진열장처럼 쌓아놓고 말지요.

그러나 진리를 아는 사람은
반드시 전화번호와 그 사람의 특징을 메모해두고

빠른 시일을 택해 따뜻한 마음을 담아
안부의 메시지를 보냅니다.

특별한 경우를 제외하고는 반드시 답장이 옵니다.
그러면서 관계는 시작되는 것입니다.

카톡도 마찬가집니다.
그 속에 숨은 진리가 있고 노래가 있으며
아름다운 한 편의 시도 있습니다.

잘 활용하면 특별히 책을 안 읽어도 됩니다.

모든 관계는 작은 점 하나가 위대한 시작입니다.
우리의 만남이 점이 되고

이 점들이 이어지고 이어져서
선이 되고 이야기가 되며 꿈으로 이어집니다.

우리는 보았습니다.
그리고 느꼈습니다.

이 위대한 발견.

우리 인생의 위대함에는 반드시 위대한 시작이 있습니다.

새로운 경험, 새로운 발견, 새로운 만남

서로가 가지고 있는 재능과 꿈들을 마음껏 발휘하시고

베푸시길 바랍니다.

통근버스를 타면서 느끼는 나의 소회

버스 기사님께 아침 인사를 합니다.
"안녕하세요.", "행복한 하루 되십시오."

반응이 각자 다릅니다.
반갑게 맞이한 분, 별 반응도 없는 분, 퉁명스러운 분 천차만 별입니다. 그런데 버스를 타고 내부를 보면 인사를 받아들인 분들의 태도에 따라 어떻게 그리도 차이가 나는지요?
반갑게 맞이한 분의 버스 안은 디자인이나 내부 환경이 아주 쾌적하고 상쾌하며 실내 온도도 적당합니다.
간간히 시사성 있는 뉴스도 틀어주시고, 실내가 더운지 추운 지 잘 체크해서 항상 승객들의 즐거운 출퇴근이 되도록 신경을 씁니다. 그리고 항상 일찍이 도착해서 미리 기다리고 손님들 맞이할 준비가 되어 있으며 말투나 옷차림이 상냥하고 단정합 니다.
기사님에 대한 신뢰감과 함께 멋져 보이기도 합니다. 그런데 아침 인사를 퉁명스럽거나 별 반응이 없는 분의 버스 안은 왠 지 어두컴컴하고 칙칙하며 실내 장식이나 온도 등에 대하여 전 혀 감각이 없으며 오히려 불친절하기까지 합니다.
손님들이 춥다고 해도 전혀 반응이 없으며 실내가 너무나 더 워 몇 번씩 건의를 하여도 막무가내입니다. 본인의 기호만 생 각한 나머지 아침 출근길에 트로트를 틀기도 합니다.

하차 시에도 상냥한 기사님은 손님들의 마음을 너무나 잘 헤아려서 적당한 지점이나 신호등을 봐가며 탄력적으로 운행을 합니다. 승객들은 이런 분들에 대하여 호감을 느끼며 상호 간의 좋은 대화와 인사가 오갑니다. 뭐라도 드리고 싶은 마음이 듭니다.

퉁명스런 분은 역시 고집불통이며 자기주장만 앞세우며 안하무인입니다. 이런 현상을 지켜보면서 많은 생각을 해봅니다. 왜 이런 현상이 나타날까? 결국은 본인의 인품과 태도 여하에 따라 그리고 상대방의 관점과 배려하는 마음을 갖고 사느냐에 따라 이런 현상이 나타난다고 생각하면서 작금의 사회현상들이 꼭 이런 형국입니다.

위로는 위정자로부터 국회의원, 각계각층의 지도자 등… 모든 분야에서도 자기주장만 앞세우거나 고집하지 말고, 사실에 입각하여 보다 더 객관적이며 가치 지향적인 방향에서 진정 무엇이 국가를 위한 길이며, 국민들의 입장을 위하는 것인지 역지사지하고 배려하고 올바른 태도로 행동해야만 좋은 세상을 만드는 데 일조하는 것이 아닌지?

각자가 자신을 진지하게 바라볼 때인 것 같습니다. 남의 탓만하지 말고 나의 언행에도 문제는 없는지? 말은 안 해도 버스 안에 있는 승객들은 다 알고 있습니다.

등기우편

퇴근 후 집에 가보니
우체국에 보관 중인 미수령 등기 우편을
찾아가라는 메모지가 있었습니다.

자세히 보니 보낸 곳이
경찰서장 명의 등기 우편이었습니다.

늦은 밤 민원실에 전화하여 무슨 내용인지 확인하였으나
알 수가 없다면서 내일 근무시간에 알아보라는 겁니다.

궁금하기 이를 데가 없었습니다.
도대체 무슨 일로 경찰서장 명의의 등기우편이란 말인가?
고소장? 계약위반?…
밑도 끝도 없는 상상이 꼬리를 물고 이어집니다.

사람들을 의심해 보기도 하고
세상 인심을 탓하기도 하면서
악몽으로 밤새 잠을 잘 수가 없었습니다.

아침 일찍 당직실로 찾아가 확인해 보니
속도위반 범칙금 고지서였습니다.

다소 안도하면서도, 기분이 너무 산만하고
허탈하고, 씁쓸하고 뭐라고 표현이 안 되는 겁니다.
그러면서 다짐했습니다.

주변 정리 철저히 하면서 살자!
날파리가 기생하지 못하게

매 순간 청결을 생활화하면서
꽃밭의 벌과 나비, 꽃향기 맡으며
맑고 고운, 청아한 새소리 벗하며
훈훈한 인간미에 진실 되게 살자!

살면서 누구나 한 번쯤 경험하게 되는 일
늘 자신을 돌아보며 밝고 맑게
겸손하게 살겠습니다.

기다림이 있어
더 아름다운 인생

따뜻한 정이 그리워요

컴컴한 새벽 산행 길에
사람의 인기척만 들어도
마음이 얼마나 든든한지 아시나요?

칠흑 같은 어둠 속에서
멀리서 희미하게 비쳐오는
불빛의 감사함이 얼마나 큰지를 느껴보셨나요?

세상이 온통 어수선한 이때
지인으로부터 따뜻한 안부 인사, 격려의 말이
얼마나 큰 위안이 되는지 전화 한번 해보세요.

여기저기 난무한 메시지의 홍수 속에서
진심이 물씬 나는 마음의 메시지 한번 보내보셨나요?

내가 먼저 해보세요.

받지만 마시고

그리고 여러 사람들 속에 하나라고
가벼이 여기지 마세요.

그렇게라도 한번 해보셨나요?
정이 그리워서, 보고파서 산들바람에
나의 마음 실어 보냅니다.

기다림

뉴욕 타임스지가 이런 퀴즈를 냈습니다.

뉴욕에서 런던까지 가장 빨리 가는 방법은 뭘까요?
정답 '사랑하는 사람과 함께 가는 것'

사랑하는 사람과 함께 가면 즐겁고 신나고 행복하고 꿈도 꾸
고… 해, 달, 별, 바람 모든 게 아름답습니다. 런던 지하철역에
서 70억짜리 악기를 들고 세계적인 연주자가 변장을 하고 연주
를 했는데 아무도 몰라보고 그냥 스쳐 지나가더랍니다.

롯데호텔에 산해진미가 준비됐다고 초청장을 받은 통영의 김

호석 님이 달려가겠습니까? 의미나 가치가 없으면 그리고 즐겁고 유쾌하지 않으면 현대인들은 한 발짝도 움직이지 않습니다. 그런데 웬일입니까? 강원도 고성에서, 전남 완도에서 유명 아트홀에 달려옵니다. 가슴이 따뜻하고 인정이 샘솟는 인정스런 그런 분들을 본다는 기다림과 설렘이 있기 때문입니다.

우리는 이 아름다운 세상에 잠시 소풍 왔습니다. 아시잖아요? 소풍 가는 기분. 간밤에 잠을 설치는 것은 물론이고 혹시나 비가 오면 어쩌지? 몇 번씩 맑은 하늘을 쳐다보고, 장기 자랑 시간 돌아오면 가슴이 두근거리고… 보물찾기 하다가 누가 볼세라 얼른 쪽지를 숨기며 얼굴 벌게지며 수줍었던 추억들 말입니다. 그리고 내가 좋아하는 여학생에게 작은 선물이라도 주고 싶어 마음 졸였던 기분들….

학교 졸업하고 결혼을 하고 세파에 시달리다 문득문득 떠오르던 아련한 추억. 흑백 사진 속 그대를 그려본 꿈속의 그리움들…. 어느덧 우리는 인생의 향기와 지난 일들의 추억을 노래하고 누리고 춤을 추고 즐길 때입니다.

100세 시대 가장 큰 화두는 외로움입니다. 그런데 맛과 멋을 아시는 여러분들은 걱정할 필요가 전혀 없습니다. 좋은 만남이 좋은 운을 만듭니다. 좋은 인연을 소중히 하십시오. 좋은 말을 하십시오. "이 세상이 천국이다, 최고다, 영원하다!"라고 말입니다.

항상 기뻐하십시오. 그래야 기뻐할 일이 줄줄 따라옵니다. 긍정 에너지가 작동하도록 하십시오. 매사에 감사를 적용하십시오. 그리고 사랑하십시오. 마지막으로 이론보다 실천하십시오. 현대는 말로만 하거나, 글의 홍수 속에 살고 있습니다. 오늘 당장 실천하십시오.

"이 세상이 천국이다, 최고다! 행동하는 지성인이 되겠다!"라고 말입니다.

구슬이 서 말이라도 꿰어야 보배

고양이 목에 방울을 달아 주니
얼마나 신나게 노는지요?

방울 소리는 절간 처마 끝 풍경 소리의 청아한 평화로움과
고요를 덤으로 주네요.

이름 없는 들꽃으로 살포시 다가가
예쁜 이름 하나 지어주니 얼마나 신나하는지요?

빙그레 미소도 띠고, 꽃향기, 산들바람으로
콧잔등을 간지럽게 하네요.

의미로 다가가니
그냥 지나쳤던 그때와는 너무나도 다른
의미로, 가슴으로, 정으로 다가옵니다.

유난히 색깔도 아름답게 보이며
벌과 나비 찾아와 토실토실한 결실이 맺어지길
구도자의 심정으로 간절히 두 손 모아지네요.

이름 하나 지어준 것뿐인데
이렇게 달라질 수가 있을까요?

흙 속의 진주도 꿰기 전에는
하나의 돌멩이와 다름이 없습니다.

세공에게 발견되어 수많은 담금질로
보석이 되고 진주 목걸이가 되며
사랑의 징표로 만인의 사랑을 받게 됩니다.

이 세상에 그 많은 사람들, 관계들
혈연, 지연, 학연, 직장동료 이루 말할 수 없는 관계들.

지하철이나 경기장에서 보는 그 사람들
스쳐 지나가는 그 누구나 다

어느 날 연인으로 친구로 함께 다정하게 손잡고
인생길을 걸어갑니다.

구슬을 엮어 반짝반짝 빛나는 보석으로
이 세상에 내놓으니

어떤 값으로도 가격을 매길 수 없는
가장 아름다운 보석이 되었습니다.

여러분!
어떤 의미로 다가오는지요?
어느덧 힘이 불끈 생기고 가슴이 열리며
콧노래가 절로 나오지 않습니까?

선택된 기분!
왠지 모를 희망!
편히 기댈 언덕!
험한 세상의 다리가 되어 동행하고 싶습니다.

목련꽃

설경이 사라진 뒤 내 마음 무엇으로 달랠까?
노심초사 이런저런 상념에 마음 태우는데.

어느새 내 마음 사로잡고 나타난 너는
내 곁에 희망 가득 싣고 살포시 다가오네.

가장 깨끗하게 치장하고 나타난 너는
누구의 사랑 받으려 그리도 성급히
꽃망울부터 내미는고.

움트고 새순 나고 꽃피는 여느 꽃과 달리
호시절 택해 꽃망울부터 모습 드러낸 너는
정녕 꽃 중에 으뜸이구나.

그런 너를 사랑하는 나도 너처럼 멋진 모습 단장하고
나의 사랑하는 그대에게 성급히 다가서
베르테르 편지 읽노라.

봄이 오는 소리, 실비 오는 소리
목련꽃의 아름다움을 들려주면서
봄의 정취를 그대와 같이 속삭이고 싶네.

아! 이토록 아름다운 꽃, 목련
그 어느 때보다도 아름답구나!

암술과 수술의 조화 멀리까지 날리는 향기는
바람 타고 나의 콧잔등을 건드리고.

산들바람에 흩날리는 자태는
위풍당당 꽃 중의 으뜸이구나!

이게
인생입니다

인생 뭐 있어?

서로 의지하며
살라 하네

훈훈한 정
나누고 살라 하네

사람답게
후덕하게 사는 게
인생이라네

인생 뭐 그리 대단하다고
천년만년 살 것처럼
아옹다옹

한 줌 흙으로
빈손으로 가는 걸

그립고, 아쉽고, 보고 싶고, 참고, 웃고
그런 거지

인생은 미완성
쓰다가 만 편지

그래도
인생은 살 만한 세상

이게 인생이지

　지난 주 청계산 이수봉, 국사봉, 청계사, 매봉으로 등산을 갔습니다. 혼자 산행을 하면서 많은 생각의 편린을 부여잡고 진정 산다는 게 뭔지, 잘 살고 있는 건지? 이런저런 생각을 하며 한참을 걷다 보니 어느덧 이수봉 정상에 이르렀습니다.

　기분도 상쾌하고 주변 경관도 아름다워 사방의 전경을 바라보고 있는데 제법 큰소리로 누군가 외치는 것이었습니다.

　"인생 뭐 있어? 이게 인생이지!"

　귀가 번쩍 뜨이고 뭔가 섬광처럼 나의 뇌리를 스치는 소리였습니다. 산행 내내 중얼거리며 혼자 골몰히 생각한 단어들 아닌가? 재빨리 돌아보았습니다. 바로 옆에 자리를 깔고 두 쌍의 남녀가 앉아 있었습니다. 어림잡아 40대 후반 정도 되는 것 같았으며 대화 내용으로 보아 초등학교 친구 분들이 부부동반으로 오랜만에 등산을 한 것으로 보였습니다.

　표정도 너무 밝아 보이고 웃는 모습들도 아주 호방하였습니다. 이제 막 자리를 펴고 부인들이 준비한 음식을 꺼내 놓고 있었습니다. 한 남자가 다른 친구에게 막걸리를 따라주면서 한 소리였습니다.

　"인생 뭐 있어? 이게 인생이지!"

　'옳소!'라고 박수라도 쳐 드리고 싶었지만 참았습니다. 그러면서 내심 그들의 말에 100% 공감하였습니다.

'정말 인생 뭐 있나?'

마음에 맞는 친구들과 부부 동반으로 산에 왔으니 이 얼마나 좋은 일인가? 집에서 준비한 소박한 소찬에 땀을 훔치며 한잔 마실 때의 그 시원한 쾌감보다 더 좋은 것이 뭐가 있으랴? 모처럼 만난 친구들 간에 또 부인들 간에 이런저런 얘기들을 나누며 우의를 나누는 것 또한 얼마나 즐겁고 흐뭇한 일인가?

저는 혼자 올라왔지만, 이 친구들이 부러워졌습니다. 그러면서 발걸음은 정상 바로 옆에 있는 막걸리 파는 곳으로 갔습니다. 등산객들 사이에서 막걸리 한 사발 마시면서 인생 뭐 있냐고 혼잣말로 속삭이며 내려왔습니다. 그러면서 계속해서 고민하고 있는 일상들에 대하여 생각해 보았습니다.

인생이란 게 막걸리 한 사발 먹고 전부인 것처럼 논하기는 너무나도 복잡 미묘하지만 그렇다고 우리가 밤잠 설쳐가면서 고민한다고 해결되거나 부자가 되고 싶어 안달한다고 되는 일도 아니지 않은가? 팔자소관이며 세월이 해결해 주는 것이지 물론 부단한 노력은 당연히 해야 되지만 현대인처럼 복잡한 세상에 마음 맞는 지인들과 막걸리 한 사발 못 마시는 세태를 생각해 보면 슬프기도 하고 안타깝기도 하고….

"인생 뭐 있어? 이게 인생이지!"

공수래공수거

불로초를 찾아 온 세상을 헤매던 진시황이나 초원을 누비며
세계를 정복한 칭기즈칸, 나폴레옹 세상에 그 많은 그 위인들도
100년을 못살더이다. 자동차 왕 포드, 애플의 스티브 잡스, 필
리핀의 크라손, 수 억만장자들도 다 빈손으로 가더이다. 육 고기
에 상어지느러미, 온갖 산해진미 먹는다고 오래 살지 못하며, 밍
크코트 입는다고 마음이 항상 따뜻한 것도 아닙니다.

예수나 석가모니, 공자, 맹자 같은 성인들의 삶은 5,000년이
지난 지금도 인간들의 귀감입니다. 성철스님은 누더기 한 벌로
평생을 살아도 행복하고 장수하셨습니다. 죽은 사람을 상복으
로 갈아입히는데 그 상복에는 호주머니가 없다고 합니다. 왜냐
하면 이 세상에 올 때 발가벗은 채로 왔으니 이 세상을 떠날 때
도 빈손으로 가야 하기 때문입니다.
이것이 인생 사는 이치입니다. 그러니 나이가 들어갈수록 내
려놓는 것부터 연습을 해야 합니다. 무거운 짐을 짊어질 수도
없을뿐더러 끌고 갈 수도 없습니다. 그러니 가진 게 있거들랑

나눠주고 베풀면서 살아야 합니다. 그래야 인생이 아름답고 품격이 있어 보입니다. 그런데도 무엇을 위해 그리도 집착을 하는지요? 무엇을 위하여 살면서 우리는 무엇을 위하여 그토록 허기지고 갈증 나 하며 연연해 하는지요? 불타는 사랑 한번 못해보고, 관포지교의 우정을 그리면서도 정작 자신이 경계하지는 않았는지요? 이 세상의 주인으로, 보다 더 살 만한 세상을 위하여 한 알의 밀알이 되고 있는지….

　행복이 멀리 있는 줄만 알았습니다. 사랑이 그렇게 뜨거운 줄로만 알고 일상 속에서 느껴지는 온유한 사랑은 늘 멀리만 했습니다. 인생이 평범하면 안 되는 줄로만 알고 톡톡 튈려고만 하다 만신창이가 돼버렸습니다. 이제서야 알았습니다. 인생이 뭔지를.
　감사하고 긍정의 힘이 작동하며 겸손하고, 베풀고, 즐기며, 참고 사는 게 인생이란 걸. 그리고 함께 손잡고 주어진 시간과 공간의 보람과 가치를 추구하며 사는 게 삶이요, 인생이란 것을 말입니다.

들이마신 숨 내뱉지 못하면 그게 바로 죽는 것이지
살아 있는 게 무언가?

숨 한 번 들이마시고, 마신 숨 다시 뱉어내고
가졌다 버렸다, 버렸다 가졌다
그게 바로 살아 있다는 증표 아니던가?

그러다 어느 한순간 들이마신 숨 내뱉지 못하면
그게 바로 죽는 것이지

어느 누가, 그 값을 내라고도 하지 않는
공기 한 모금도 가졌던 것 버릴 줄 모르면
그게 곧 저승 가는 것인 줄 뻔히 알면서

어찌 이것도 내 것, 저것도 내 것
모두 다 내 것인 양 움켜쥐려고만 하시는가?

아무리 많이 가졌어도 저승길 가는 데는
티끌 하나도 못 가지고 가는 법이려니
쓸 만큼 쓰고 남은 것은 버릴 줄도 아시게나

자네가 움켜쥔 게 웬만큼 되거들랑
자네보다 더 아쉬운 사람에게 자네 것 좀 나눠 주고

그들의 마음 밭에 자네 추억 씨앗 뿌려
사람 사람 마음속에 향기로운 꽃 피우면
천국이 따로 없네, 극락이 따로 없다네

생이란 한 조각 뜬구름이 일어남이요.
죽음이란 한 조각 뜬구름이 스러짐이라

뜬구름 자체가 본래 실체가 없는 것이니
나고 죽고 오고 감이 역시 그와 같다네

천 가지 계획과 만 가지 생각이
불타는 화로 위의 한 점 눈瑩이로다

논갈이 소가 물 위로 걸어가니
대지와 허공이 갈라지는구나

삶이란 한 조각 구름이 일어남이요.
죽음이란 한 조각 구름이 스러짐이다.

구름은 본시 실체가 없는 것
죽고 살고 오고 감이 모두 그와 같도다.

- 서산대사 시비문 -

성찰과 통찰, 일상이 빚어낸 그 아름다운 우주

– 권선복(도서출판 행복에너지 대표이사)

우리 삶에 있어 그 어느 하나 의미
가 담기지 않은 순간은 없습니다. 심
지어 슬픔과 절망에 휩싸이는 일이
생기더라도 이 역시 나중에는 소중
한 자산이 되기도 합니다. 그래서 늘
과거를 돌아보고 반성하는 '성찰'의
시간과 사물과 사건의 본질을 꿰뚫
어 보는 '통찰'의 눈이 필요합니다. 거창할지 모르겠으나 곰곰
생각해보면 이 또한 어려운 일은 아닙니다. 사실 우리의 삶 자
체가 하나의 거대한 우주이기 때문입니다. 그저 그 안에서 깨
달음을 얻으려는, 끊임없는 노력이 중요할 뿐입니다.

박형수 저자의 책 『인생 뭐 있어!』는 담담하면서도 담백하게
풀어낸 인생 이야기를 담고 있습니다. 그 안에 펼쳐진 나름대

로의 철학관은 독자의 마음에 슬며시 정중동을 일으킵니다. 일독을 마친 후에는 지난날에 대한 반성과 삶에 대한 호기심으로 가득 찬 마음을 발견할 수가 있습니다. 저자는 하루도 빠짐없이 매일 새벽 3시에 일어나고 4시가 되면 손전등만 하나 들고 청계산에 오른다고 합니다. 다른 사람들이 보기에는 힘겨워 보일지 몰라도 이마저 환희로 바꾸어 스스로의 삶에 활력을 부여하는 능력이 부럽기만 합니다. 힘겨운 삶이었기에 더욱 정진할 수 있었고 그래서 그 누구보다 더 많은 인생 이야기를 풀어낼 수 있었다고 합니다. 그러한 까닭에 이 책에는 진정성이 담겨 있습니다.

성찰이 없는 삶에는 미래가 없습니다. 통찰이 없는 삶에는 생기가 없습니다. 성찰과 통찰이 만들어내는 아름다운 하모니. '평범하기에 그냥 지나쳤던 일상이 깨달음으로 다가오는 놀라운 순간'을 『인생 뭐 있어!』를 통해 경험해 보시기 바라오며, 모든 독자 여러분들에게 기쁨의 행복에너지가 샘솟으시길 기원드립니다.

『긍정의 힘』 2탄 공저자를 모집합니다!

개요

1. 공동 저자: 총 36명
2. 책 전체 분량: 380쪽 내외(1인당 10쪽 내외)
3. 원고 분량: A4용지 5장(글자크기 10포인트, 줄 간격 160%)
4. 경력(프로필): 10줄 이내
5. 사진: 자료사진 3매, 사진 설명 20자 미만
6. 신청 및 원고 접수: 수시 마감
7. 출간 예정일: 연 3회

긍정, 행복, 성공에 관한 이야기를 독자들에게 전하고 나눌 수 있는 내용의 원고를 자유로운 형식으로 작성하여 제출해 주시면 행복에너지 소속 전문 작가가 독자들이 읽기 편하도록 전반적인 윤문과 교정교열을 할 예정입니다.(원고는 ksbdata@daum.net 으로 송부해 주시기 바랍니다.)

책 발행비용은 100만 원이며 저자에게 발행 즉시 100부를 증정합니다.
발행비용은 신청 시 50만 원, 편집완료 시 50만 원을 '국민은행 884-21-0024-204 도서출판 행복에너지 권선복'으로 입금해 주시면 되겠습니다.

자세한 문의는 언제든지 하단의 전화, 이메일을 통해 연락을 주시면 성실히 답변을 드리오며 원고 내용이나 책에 관해 궁금하신 분들은 도서 『긍정의 힘』을 직접 참조해 주시기 바랍니다.

도서출판 행복에너지: www.happybook.or.kr
대표이사 권선복
HP: 010-8287-6277   Tel: 0505-613-6133   E-mail: ksbdata@daum.net

하루 일자리 미학
김한성 지음 | 260쪽 | 15,000원

책 『하루 일자리 미학』은 현재 인력소개업을 하는 저자의 생생한 경험담을 바탕으로 인력소개업계가 앞으로 나아가야 할 올바른 방향은 무엇인지, 기업과 근로자 모두가 상생하는 방안은 무엇인지에 대해 제시한다. '건설인력업계 민간 부문 최초의 책'으로서 더욱 주목받고 있으며, 수많은 일용근로자들에게 삶을 알차게 가꿀 계기를 마련해주는 이정표가 되어 줄 것이다.

긍정의 힘
김영철 외 36인 지음 | 416쪽 | 15,000원

『긍정의 힘 – 인생을 성공으로 이끄는 단 하나의 열정』은 성공을 거머쥐기 위해 반드시 갖춰야 할 자세 '긍정'의 힘이 얼마나 위력적인지를 다양한 목소리를 통해 들려준다. 자기 자신에 대한 굳건한 믿음, 아무리 힘겨워도 웃을 수 있는 밝은 마음이야말로 이 험난한 세상을 이겨나가게 하는 가장 큰 무기다. 긍정 선생이 전하는 도전, 성공, 웃음, 행복, 희망의 이야기를 만나보자.

당신에게 포기란 어울리지 않는다
최성대 지음 | 232쪽 | 값 15,000원

여기 포기를 모르는 한 남자가 있다. 지독한 가난과 한쪽 눈 실명이라는 장애와 세상이 가져다주는 그 어떤 가혹한 시련도 그에게는 문제가 되지 않았다. 책 『당신에게 포기란 어울리지 않는다』는 자신에게 주어진 고난을 꿋꿋이 이겨내며 결국 행복한 삶을 성취한 한 인간의 이야기가 담겨 있다. 그가 전하는 가슴 따뜻한 이야기를 통해 새로이 세상에 도전할 용기를 품에 안아 보자.

소통의 유머 리더십
장광팔 · 안지현 · 이준헌 지음 | 264쪽 | 값 15,000원

『소통의 유머 리더십』은 유머를 주제로 한 자기계발서이다. 유머에 대한 전문적인 연구 등을 인용하여 신뢰성을 높였고 저자의 경험을 자연스럽게 녹아들게 하여 독자들에게 친근하게 다가서게 했다. 이 책은 리더십, 스타일, 감각, 경제 · 경영, 스트레스, 소통 등과 연계하여 참다운 유머가 무엇인지, 유머가 우리 삶에서 가는 가치는 무엇인지, 실생활에서 유머를 잘 활용하려면 어떻게 해야 하는지를 전하고 있다.

공부의 모든 것

방용찬 지음 | 서한샘 추천감수 | 304쪽 | 15,000원

30년 동안 유수의 명문 학원에서 강사와 원장으로 활동하며, 학원 교육 분야에서 일가를 이뤄온 방용찬 원장의 책 『공부의 모든 것』은 학생들이 자신의 공부법에 대한 문제점을 객관적으로 진단할 수 있도록 구성되어 있다. 교육을 매개로 저자와 한 가족과 다름없는 친분을 맺어온 학원가의 대부, 한샘학원 설립자 서한샘 박사의 감수와 적극적인 추천은 그 신뢰성을 더한다.

명세지재들을 위한 여정

강 형(康泂) 지음 | 432쪽 | 값 25,000원

이책은 평생을 교육자로 살아온 강형 교수의 회고록이다. 1부는 오직 교육자의 길만을 걸어온 저자의 지난날의 대한 회상을 중심으로, 제자들과 함께한 그 열정의 여정에 대해 이야기한다. 2부는 저자에게 가르침을 받은 명세지재들의 옥고(玉稿)를 담고 있다. 이 책은 진정한 교육자의 길은 무엇인지 알려주고 대한민국 교육계의 미래를 위해 우리가 해야 할 일은 무엇인지에 대해 명쾌히 전하고 있다.

검사의 락

곽규택 지음 | 304쪽 | 15,000원

책 『검사의 락』은 15년의 검사 생활을 마치며 제2의 인생을 준비하는 곽규택 변호사의 '검사들의 삶, 검찰청 이야기'다. 대중에게 선보이기 위해 검사로서의 지난날을 솔직하고 담백한 필치로 정리해 오롯이 담아내고 있다. BBK 김경준 송환 작전부터 검찰총장 혼외자 의혹 사건까지 대한민국을 떠들썩하게 한 사건들의 뒷이야기를 솔직한 화법으로 풀어내고 있다.

긍정이 멘토다

김근화 외 35인 지음 | 364쪽 | 값 15,000원

여기 긍정을 통해 몸소 행복한 삶을 증명한 36인의 명사들이 있다. 각계각층의 내로라하는 대표 인물들은 이 책을 통해 '도전, 성공, 웃음, 행복, 희망'을 주제로 자신만의 '긍정론'을 펼치고 있다. 또한 책에 담긴 저자 개개인의 비전과 혜안은 동시대를 살아가는 이라면 누구나 느끼는 고민에 대한 다양한 해답을 제시한다.

한설

장한성 지음 | 372쪽 | 값 15,000원

시대를 대표하는 문인 '김승옥 소설가'가 추천하는, 장한성 공인회계사의 첫 소설!
한 번도 전문적으로 글을 배운 적 없는 저자가 백 일 만에 써낸 작품이라고는 믿기
지 않을 만큼 거침없는 전개로 독자의 시선을 사로잡는다.
"한 시대를 살아온 청년들의 고뇌와 사랑을 담았다는 것만으로도 가치 있는 소설
이다." – 김승옥(소설가)

이것을 알면 부자된다

이정암 지음 | 416쪽 | 값 25,000원

풍수대가 '운정도인 이정암'이 전하는, 학문에 근거한 '부자 되는 비결'을 담은 『이
것을 알면 부자 된다』는 일상생활 중 아파트, 주택, 일터, 사무실 등에서 출입문과
침실, 주방, 책상의 각 방위가 상생하는지 여부와 본인의 명궁을 비교하여 생기복
덕궁을 통한 왕기로써 부자가 되는 비법을 전한다. 경영자는 물론 일반인도 부자
의 꿈을 실현할 수 있는 방안을 제시한다.

사랑하는 나의 어머니

정진우 지음 | 344쪽 | 값 15,000원

101세의 일기로 떠나보낸 어머니와의 평생, 그 눈물겨우면서도 감동적인 여정! 가
정의 달 5월을 맞아, 그 이름 부르기만 해도 마음이 편해지고 힘든 이 세상에서
편히 쉬기 하는 삶을 유일한 안식처 '어머니'를 노래하다! 서울대 의과대학을 졸업
하고 현재 뉴욕에서 비뇨기과를 운영하고 있는 저자의 첫 에세이로, 독자의 마음
에 잔잔하게 퍼지는 온기를 전할 것이다.

사과나무 일기

박경국, 국가기록원 지음 | 420쪽 | 값 18,000원

"소중한 나의 삶을 오롯이 한 권의 '자서전'에 담다!"
『사과나무 일기』는 국가기록원 박경국 원장이 공무원 직무발명에 의해 특허등록
한 '인생기록 가이드북'이다. 독자 자신이 인생 전반을 간편한 방식으로 정리해 볼
수 있는 '일기장'으로서 자서전을 준비하는 노년은 물론, 인생 설계를 고민하는 청
장년층에게도 뜻깊은 선물이 될 것이다.

33인의 명강사 스타강사
서필환 외 32인 공저 | 364쪽 | 값 18,000원

시대를 대표하는 문인 '김승옥 소설가'가 추천하는, 장한성 공인회계사의 첫 소설! 한 번도 전문적으로 글을 배운 적 없는 저자가 한 달 만에 써낸 첫 소설이라고 믿기지 않을 만큼 거침없는 전개로 독자의 시선을 사로잡는다!
한 시대를 살아온 청년들의 고뇌와 사랑을 담았다는 것만으로도 가치 있는 소설이다.

마음이 아름다우니 세상이 아름다워라
이 채 지음 | 224쪽 | 값 13,500원

저자는 이 시집에서 우리가 늘 살아가고 있는 이 세상을 노래하였다. 우리는 늘 세상을 긍정적으로 바라보고 타인을 존귀하게 대해야 한다고 배우지만 힘겨운 세상살이 속에서 말만큼 쉽게 되는 일은 아니다. 이채 시인은 바로 의미를 깨달을 수 있는 쉬운 문장들을 독자에 마음에 점자처럼 펼침으로써 읽은 이 스스로가 마음을 매만지게 한다.

웃기는 인간
김진배 지음 | 304쪽 | 값 15,000원

바른말보다 웃는 말, 우기는 말보다 웃기는 말이 우리 사회에 넘쳐야 한다. 21세기에는 유머가 하나의 커다란 능력이자 성공을 위한 스킬이기 때문이다. 그리고 상대방에게 진심으로 웃음을 주고자 하는 마음에서 우러나와야 제대로 된 유머라고 말할 수 있다. 당신과 주변의 삶을 행복하게 할 유머의 모든 것을 알아보자.

진짜사나이는 웃으면서 군대간다
박양근 지음 | 240쪽 | 값 13,800원

군대 얘기만 나오면 좌절하고 겁부터 먹는 젊은이들. 하지만 그런 나약한 정신과 태도로는 한평생을 살며 아무것도 이룰 수 없다. 이 책은 군 입대를 앞둔 젊은이들이 어떤 태도를 가지고 군대에 가야 하는지, 군대에서는 무엇을 어떻게 해야 하는지, 또 제대할 때는 무엇을 얻어 전역해야 하는지를 도와줄 것이다.

공자가 살아야 인류가 산다
공한수 지음 / 368쪽 / 19,000원

책 『공자가 살아야 인류가 산다』는 동서고금을 막론한 인류 최고의 스승 '공자孔子'의 사상을 통해 인간으로서의 의무이자 존재의 증명이라 할 수 있는 '평생학습'의 중요성을 강조하는 '인문서'이다. 정치, 경제, 문화와 관련된 다양한 사례들을 적재적소에 제시하여 신뢰성을 높인 '철학서'이자 '자기계발서'이다.

결국 그들은 당신을 따른다
정태영 지음 / 316쪽 / 15,000원

책 『결국 그들은 당신을 따른다』는 평범한 '일반 리더'를 극심한 경쟁 속에서도 탁월하게 빛나는 '브릴리언트 리더'로 거듭나게 해 줄 '심리경영 핵심스킬'을 담고 있다. 21세기 리더가 갖춰야 할 소양과 비전을 제시하며, 팔로어에 대한 올바른 팔로어십(followership) 고양과 적절한 모티베이션(motivation) 방안에 대해 이야기하고 있다.

자시와 축시 사이
최우진 지음 / 156쪽 / 10,000원

시집 『자시와 축시 사이』는 '연애, 인생, 존재, 믿음'이라는 네 가지 주제를 바탕으로, 소소한 일상에서 비롯되는 삶의 웅숭깊은 깨달음을 전한다. 저자 자신이면서 동시에 타자他者인 듯한 교차적 시각을 통해 우리의 삶 내내 끊임없이 맞물리는 인간과 인간, 사물과 인간 사이의 현상을 아름답게 그려 낸다.

꿈을 심는 희망의 새 길
나용찬 지음 / 256쪽 / 10,000원

"애국자가 따로 있는 것은 아니다. 자신의 자리에서 맡은 책임을 다하고, 고향을 사랑하며, 타인을 위해 자신을 희생하는 것만으로도 누구나 애국자가 될 수 있다."라는 저자의 목소리가 경제위기와 계층갈등으로 신음하는 대한민국 사회가 무엇을 지향하고 어떠한 방향으로 나아가야 할지를 명쾌하게 짚고 있다.

나도 힘들고 아프고 고통스러웠다
최영미 외 24인 지음 / 244쪽 / 15,000원

서울 신림동 아름다운교회는 각종 고시에 합격하는 청년들이 많은 교회로 알려졌다.
이미 고시에 합격한 청년들의 간증을 엮어 책을 출간하여 많은 주목을 받은 바 있다.
아름다운교회가 두 번째로 출간하는 이 책은 일반 장년 성도들의 간증을 엮은 책으로,
삶 속에서 경험한 은혜의 경험을 웅숭깊게 그려 낸다.

더불어 사는 사회
최태정 지음 / 256쪽 / 10,000원

『더불어 사는 사회』는 한 명의 낙오자도 없이, 구성원 모두가 행복한 삶을 성취하기 위
해 무엇을 해야 할지를 저자의 경험을 바탕으로 풀어낸다. '열정, 섬김, 신의, 성찰, 지
역, 희망'이라는 여섯 가지 주제를 통해 한 명의 인간으로서 진정으로 추구해야 할 가치
와 삶의 태도에 대해 에세이 형식으로 전한다.

길에서 길을 묻다
문무일 지음 | 296쪽 | 값 18,000원

『길에서 길을 묻다』는 당대 최고의 문인, 김남조 시인과 김승옥 소설가가 추천하는 명
상에세이다. 오직 앞만 보며 달려가는 현대의 삶 속에서 자기 자신의 존재 가치마저 잊
어버린 독자들에게 '과연 생의 진정한 의미는 무엇이며 어떠한 삶을 살아야 하는가'에
대해 한 답을 오롯이 전하고 있다.

해 뜨는 서산
이완섭 지음 | 368쪽 | 값 15,000원

지자체의 발전에 있어 가장 중요한 것은 자치단체장과 구성원들이 미래 비전을 공유하
고 서로 화합하면서 지역의 열세를 극복하겠다는 실천적 의지와 긍정적 자세를 갖추는
것이다. '내일은 내일의 태양이 뜬다!' 이런 긍정의 마음으로 서산에 뜨는 태양을 가장
먼저 서산시민들께 보여주고 싶다. 그 따뜻한 온기와 밝은 광명까지도……. 서산은 해
처럼 떠서 새처럼 비상해나갈 것이다.

내 인생의 닮은 꼴 뉴새마을운동
최명현 지음 | 280쪽 | 값 15,000원

『내 인생의 닮은 꼴 뉴새마을운동』은 뉴새마을운동을 적극적으로 이끌어 온 최명현 제천시장이 고향 땅 제천을 중심으로 펼치는 인생 이야기와 더없이 밝기만 한 제천의 미래와 그 비전을 담은 책이다. 고향 선산을 지키는 한 그루 등 굽은 소나무처럼, 늘 높고 푸르게 빛나는 그 고고한 삶의 여정과 누구보다 뜨거운 애향심이 가슴 뭉클하게 다가온다.

심장이 뛰고 있다면 도전하라
김노진 지음 | 276쪽 | 값 15,000원

국내 최초로 유선방송을 선도했던 김노진 회장의 도전, 그 가슴 뛰는 여정을 담은 책이다. 어린 시절부터 현재까지, 그가 걸어온 열정의 길을 오롯이 담고 있다. 독자들은 이 책을 읽으며 진정한 도전이란 무엇인가를, 대한민국의 발전을 위하여 평생 노력했던 한 인물의 뜨거운 삶을 통해 알 수 있을 것이다.

긍정이 멘토다
김근화 외 35인 지음 | 364쪽 | 값 15,000원

여기 긍정을 통해 몸소 행복한 삶을 증명한 36인의 명사들이 있다. 각계각층의 내로라하는 대표 인물들은 이 책을 통해 '도전, 성공, 웃음, 행복, 희망'을 주제로 자신만의 '긍정론'을 펼치고 있다. 또한 책에 담긴 저자 개개인의 비전과 혜안은 동시대를 살아가는 이라면 누구나 느끼는 고민에 대한 다양한 해답을 제시한다.

오늘도 최고의 날이 되십시오
한범덕 지음 | 264쪽 | 값 15,000원

책 『오늘도 최고의 날이 되십시오』는 한범덕 청주시장이 미래과학연구원 원장 시절 썼던 글들을 모은 과학 교양서이다. 일상 속에서 쉽게 접할 수 있는 전자기기에 관한 과학 상식부터 일반인들이 잘 몰랐던 심도 깊은 과학 이야기까지 다양하게 담고 있다. 많은 독자들이 이 책을 통해 '사람을 꿈꾸게 하고 미래를 여는 과학의 힘'을 느낄 수 있을 것이다.

'행복에너지'의 해피 대한민국 프로젝트!
〈모교 책 보내기 운동〉

대한민국의 뿌리, 대한민국의 미래 **청소년·청년**들에게 **책**을 보내주세요.

　많은 학교의 도서관이 가난해지고 있습니다. 그만큼 많은 학생들의 마음 또한 가난해지고 있습니다. 학교 도서관에는 색이 바래고 찢어진 책들이 나뒹굽니다. 더럽고 먼지만 앉은 책을 과연 누가 읽고 싶어 할까요?
　게임과 스마트폰에 중독된 초·중고생들. 입시의 문턱 앞에서 문제집에만 매달리는 고등학생들. 험난한 취업 준비에 책 읽을 시간조차 없는 대학생들. 아무런 꿈도 없이 정해진 길을 따라서만 가는 젊은이들이 과연 대한민국을 이끌 수 있을까요?

　한 권의 책은 한 사람의 인생을 바꾸는 힘을 가지고 있습니다. 한 사람의 인생이 바뀌면 한 나라의 국운이 바뀝니다. **저희 행복에너지에서는 베스트셀러와 각종 기관에서 우수도서로 선정된 도서를 중심으로 〈모교 책 보내기 운동〉을 펼치고 있습니다.** 대한민국의 미래, 젊은이들에게 좋은 책을 보내주십시오. 독자 여러분의 자랑스러운 모교에 보내진 한 권의 책은 더 크게 성장할 대한민국의 발판이 될 것입니다.

　도서출판 행복에너지를 성원해주시는 독자 여러분의 많은 관심과 참여 부탁드리겠습니다.

도서출판 **행복에너지** 임직원 일동
문의전화　0505-613-6133